AF346146

ISBN : 978-2-9579711-8-3

© **Copyright Momo-Lune, 2024**

© **Design de couverture : bee_creation** (Fiverr)

Avertissement :

Ceci est une œuvre de fiction.

Les noms, personnages, endroits et évènements sont issus de l'imagination de l'auteure.

Toute ressemblance avec des personnages ou des évènements existants ou ayant existé serait fortuite.

Dans cette série de livres, vous serez confrontés à des scènes de violence (torture physique/psychologique, guerre, sang), des passages de sexe explicites, ainsi qu'à des sujets très sensibles (deuil, alcool, trahison, dévalorisation de soi, maltraitance infantile). Il n'y aura aucune censure.

Mes personnages ne sont pas des modèles de vertu, et encore moins des exemples à suivre. Ne faites pas comme eux. Des erreurs, ils en feront. Ils ne sont pas parfaits. Alors, ne les prenez pas pour des références. Chacun a ses principes et sa façon de discerner le monde.

Les pensées et valeurs de mes protagonistes ne sont pas universelles et ne dépendent que d'eux-mêmes.

Une vision parmi tant d'autres.

Ayez ces phrases en tête lorsque vous commencerez cette œuvre.

Je suis responsable de ce que j'écris, pas de ce que vous lisez. Préservez-vous.

ISBN : 978-2-9579711-8-3

© **Copyright Momo-Lune, 2024**

© **Design de couverture : bee_creation** (Fiverr)

Avertissement :

Ceci est une œuvre de fiction.

Les noms, personnages, endroits et évènements sont issus de l'imagination de l'auteure.

Toute ressemblance avec des personnages ou des évènements existants ou ayant existé serait fortuite.

Dans cette série de livres, vous serez confrontés à des scènes de violence (torture physique/psychologique, guerre, sang), des passages de sexe explicites, ainsi qu'à des sujets très sensibles (deuil, alcool, trahison, dévalorisation de soi, maltraitance infantile). Il n'y aura aucune censure.

Mes personnages ne sont pas des modèles de vertu, et encore moins des exemples à suivre. Ne faites pas comme eux. Des erreurs, ils en feront. Ils ne sont pas parfaits. Alors, ne les prenez pas pour des références. Chacun a ses principes et sa façon de discerner le monde.

Les pensées et valeurs de mes protagonistes ne sont pas universelles et ne dépendent que d'eux-mêmes.

Une vision parmi tant d'autres.

Ayez ces phrases en tête lorsque vous commencerez cette œuvre.

Je suis responsable de ce que j'écris, pas de ce que vous lisez. Préservez-vous.

Carte du Monde

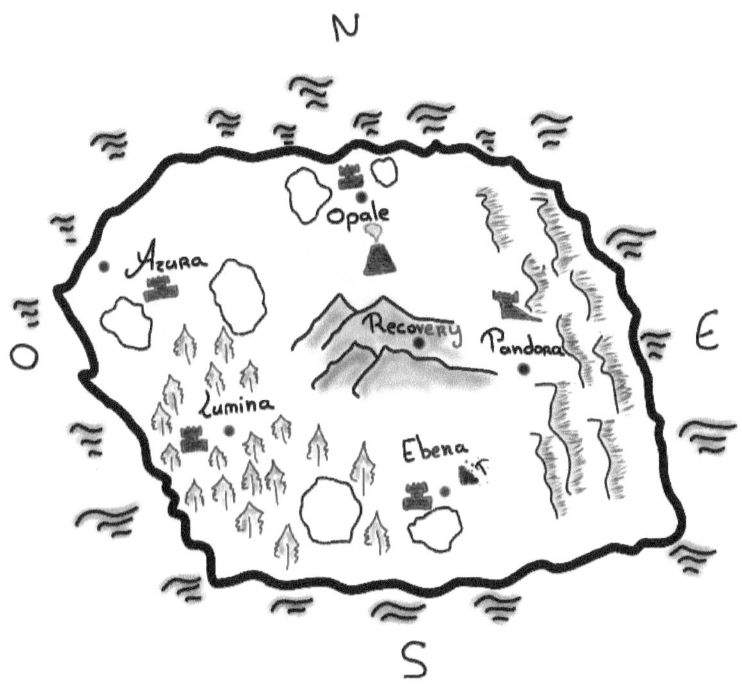

Playlist

Ramsey (Arcane) – Goodbye
Arcane – Revenge
Sting, Ray Chen – What Could Have Been ?
Hidden Citizens, Vanessa Campagna – Voices
2WEI, Edda Hayes – Pandora
UNSECRET, Cece and the Dark Hearts – Darkness Falls
Tribal Blood – Madness
Madalen Duke – How Villains Are Made
Sybrid, Brittney Bouchard – No Time To Die
2WEI, Edda Hayes – Burn
Hidden Citizens, Rayelle – We Are The Rulers
Tommee Profitt, Fleurie – Who Will Save Us
Hidden Citizens, Sam Tinnesz, Rayelle – Unleash The Power
Hidden Citizens, Claire Guerreso – Answer The Call
Neoni – Where We Rise
Kat Leon – Sweet Dreams (Are Made Of This)
Jacob Lee – Demons (Philosophical Sessions)
AURORA, Pomme – Everything Matters
AURORA – A Dangerous Thing
League of Legends, Sara Skinner – Bring Home The Glory
PUBLIC NOISE, Ruelle – When the Chaos Comes
Paris Paloma – Tell It To My Heart

Samuel Kim, Aloma Steele (Arcane) – Guns for Hire

Tribal Blood – Gods Will Rise

Tribal Blood – Keep on Fighting

Hidden Citizens, Ranya – Queen

UNSECRET, Sam Tinnesz, GREYLEE – I'm Coming For It

Ganyos, Bolshiee – Rivers Run Red

League of Legends, Alan Walker, Against The Current, Mako – Legends Never Die (Remix)

Ruelle – War of Hearts (Acoustic Version)

Ursine Vulpine, Annaca – Without You

League of Legends, Cailin Russo, Chrissy Costanza – Phoenix

Imagine Dragons, JID (Arcane) – Enemy

Younha, RM – WINTER FLOWER

Euphoria, Bolshiee – Be A Hero

Damned Anthem – The Final Countdown

Précédemment, dans Recovery...

Les retrouvailles entre les cinq descendants des oiseaux sacrés se sont achevées sur une note amère. Une décision majoritaire, mais pas unanime, en a résulté : Cordélia doit se rendre au *Recovery* afin de retrouver un bon équilibre interne et ainsi cohabiter en paix avec les fragments d'âmes des quatre autres phénix.

Au sein de cette sphère irisée, comparable à une prison magique, elle est d'abord confrontée à son passé, à une vision erronée de ses parents dont les reproches ne sont que le reflet de ce qu'elle pense : qu'elle est lâche, qu'elle n'a rien accompli en tant que cheffe de Pandora, qu'elle n'a pas su protéger son peuple ni ses parents.

Elle était dans une forme de déni depuis quinze ans, niant les faits, et c'est ainsi qu'est née la voix qui la rabaisse constamment à l'intérieur de sa tête. Mais elle a enfin accepté sa faiblesse et son impuissance. Elle s'est pardonnée pour tout ce qu'elle avait dû faire, pendant et après la guerre, franchissant la première étape qui mène vers la sortie du *Recovery*.

Après ce souvenir biaisé de ses parents, qui s'est achevé par une rapide décapitation, Cordélia est perdue dans les ténèbres, ne parvenant guère à voir quoi que ce soit. Elle discerne en revanche les voix de ses proches, qui lui murmurent des atrocités, tandis que les phénix la griffent, massacrant sa chair sans pitié. La lumière filtre à travers l'obscurité lorsqu'elle comprend pourquoi les phénix s'en prennent à elle, qu'elle écoute leur douleur au lieu de s'opposer à eux.

Ayant trouvé sa paix intérieure, elle sort donc du *Recovery*. Marquée à vie, mais vivante.

Pendant ce temps, la situation s'est empirée. Les dirigeants sont confrontés aux coups d'État des rebelles ainsi qu'à des soulèvements du peuple. Ils mettent alors en place un nouveau traité au retour de Cordélia afin de faciliter les échanges commerciaux entre leurs nations.

Ils prennent également l'initiative de se réunir au village Ebena, pour obtenir des informations auprès des chevaliers noirs pendant la soirée organisée par Kora.

Ignis propose d'enivrer les invités pour délier les langues, ce qui leur permet d'en savoir un peu plus sur le « Campement Nébuleux », le repaire des mercenaires, et le masque de Nathaniel tombe enfin : il était l'un des leurs. Suite à la discussion houleuse avec Cordélia, qu'il considère comme sa sœur de cœur, il ne supporte plus la douleur dans son regard face à sa trahison et il décide de mettre fin à ses jours.

Nos alliés découvrent également où se tiendra la prochaine réunion des rebelles et en profitent pour aller les espionner. Là-bas, ils aperçoivent leur chef — dont le visage est dissimulé sous un masque d'aigle —, en compagnie d'une Hawken, oiseau tigré à double tête.

Cette espèce, aussi mythique que dangereuse, a disparu depuis sept-cents ans à cause du génocide mené par les phénix. Ils pensaient les avoir toutes tuées, mais trois d'entre elles ont survécu au massacre.

La mort de Nathaniel signe le début de la guerre entre les cinq phénix et le « Campement Nébuleux ».

Cordélia et Daphnis soupçonnent la génitrice de ce dernier d'être à l'origine de ce clan émergeant, car un

chevalier de l'eau a retrouvé un fragment de miroir qui lui appartenait près du temple d'Enea, à Azura.

Et si elle n'était pas morte ?

D'autres fantômes du passé pourraient resurgir, mais les phénix sont prêts à les affronter.

De l'autre côté, grâce aux déserteurs, la rébellion a recueilli de nouveaux fidèles. Le camp a été divisé en quatre unités : Red, Green, Yellow et Silver.

L'Unité Red mène d'abord l'offensive à Opale, mais les alliés les attendent de pied ferme, avec chacun cinq chevaliers pour couvrir leurs arrières.

La bataille fait rage au sein du palais de Zéphyr, et aucun camp ne prend le dessus sur l'autre, jusqu'à ce que l'Unité Silver débarque avec la dernière Hawken.

Les phénix se résignent à un repli stratégique, en ramassant au vol les chevaliers qui n'ont pas péri. Kora, pourtant, à l'inverse de ses camarades, refuse de partir et fonce tête baissée vers les Hawken, qui envoient une boule d'énergie mortelle dans sa direction. L'Ébène ne recule pas devant la menace, sauf que Ignis s'interpose, encaissant l'attaque de plein fouet.

À la frontière de la mort, l'Écarlate aurait rendu son dernier souffle si Kora n'avait pas utilisé le don de son ascendance pour lui offrir vingt ans de sa vie. C'est ainsi que s'achève la première bataille.

L'heure est venue de former des armées et de se lancer dans une féroce contre-attaque.

Chaque chef rassemble autant de chevaliers que possible, puis se dirige vers les montagnes où se trouve le *Recovery* : le point de rendez-vous de la coalition.

Sur le chemin, Ignis et son bataillon tombent sur l'Unité Yellow. Il parvient facilement à libérer la voie pour ses gardes, mais puisqu'il n'y a aucune Hawken, il manque de vigilance et se fait capturer par l'ennemi. Le vice-général de l'armée de braise, Aïdan, est assailli de tous les côtés et s'évanouit dans une mare de sang.

L'armée de Kora a pris du retard et en longeant les prairies fleuries, la cheffe recueille le corps inerte du fils adoptif d'Ignis. Ses guérisseurs s'occupent alors de lui, mais il ne reprend toujours pas connaissance. Quant au reste de l'armée du feu, éparpillé dans les plaines, il rejoint le bataillon de l'Ébène au fil de leur progression.

Entre-temps, le bataillon de Cordélia et Daphnis a rejoint celui de Zéphyr. Ils ont croisé l'Unité Yellow, en pénétrant dans la forêt des perce-neiges, et ont donc décidé de changer de cap afin de délivrer Ignis. Ils font d'une pierre deux coups, puisqu'ils découvrent par cette occasion le repaire du « Campement Nébuleux ».

Cordélia se charge du sauvetage d'Ignis grâce à l'aide de Nabil — qui, en réalité, était un agent double. Daphnis, lui, trouve la tente du chef de la rébellion. Son frère de sang se cache sous le masque de l'Aigle Noir et le fragment de miroir n'était qu'une feinte de sa part. Ils discutent et se querellent avec véhémence, mais à cause des confessions de son frère, Daphnis ne parvient pas à le tuer. Il le paralyse avec du curare, puis prend la fuite en lui lançant le défi de le pourchasser.

Une promesse a été faite : lorsque le chemin des deux frères se croisera à nouveau, l'un d'eux mourra.

Recovery :

la Fin d'une Ère

Prologue

Daphnis

De tous les dénouements possibles, il fallait que ce soit le pire d'entre tous qui triomphe.

Ce n'est pas cette fin que j'aurais choisie.

Peut-être que c'est plus simple, de penser qu'une autre fin m'aurait comblé pleinement, sans que j'aie des regrets. Ou pire, des remords.

Les humains aiment se consoler dans les « si ».

Même quand les « si » sont teintés de sang.

La guerre est la plus cruelle des voleuses.

On ne peut pas prévoir ce qu'elle nous prendra.

Vais-je perdre un bras, une jambe, les oreilles ou les yeux ? Aurai-je le cœur piétiné ou l'âme arrachée ?

Si on est chanceux, elle ne nous ôte qu'une seule et unique chose parmi nos trésors.

Sauf que, parfois, cette « chose » vaut infiniment plus que tout ce qu'il nous reste. Aux yeux de certains, cela suffit pour partir et ne plus revenir.

On ne gagne pas une guerre.

Elle saccage nos foyers.

Elle nous ravage de l'intérieur.

Elle nous change, en profondeur.

On devient la pire version de nous-mêmes.

Maintenant, quand j'ouvre les yeux…

Je ne vois plus que mes pertes.

Où est ma maison ?

Qui sont ces visages, que je ne reconnais plus ?

Mes mains, qu'ont-elles fait ?
Quel genre d'homme ai-je façonné ?
Je ne suis pas mon père.
Mais je ne suis plus moi.
On s'oublie dans le chaos.
Les dégâts sont irréversibles.
La guerre est un monstre.
Une calamité que nous avons créée.
La plus vicieuse d'entre toutes.
Personne n'y échappe.
On l'endure plus que sa durée.
Elle nous poursuit au-delà de sa finalité.
Désormais, il est temps de dire au revoir.
Au revoir à celui que j'étais.
Car il ne reviendra jamais.

Chapitre 1

Daphnis

Cet hiver est teinté de rage et d'amertume.

J'avais l'occasion de le tuer, de mettre fin à cette guerre. Il était juste là, devant moi.

J'avais le pouvoir de sauver notre avenir.

Il était prisonnier de mon étreinte, de mes doigts.

Une légère pression sur sa gorge aurait suffi.

Trois secondes, et il serait retourné pourrir dans sa tombe, vieille de quinze ans.

Il ne devait être qu'un vestige de mon passé, que j'avais enfoui dans un coin de ma mémoire.

Un souvenir empoisonné que j'avais enterré avec le reste de ma famille, mais ce stupide lien fraternel m'a entravé dans ma tâche.

Un lien qui, aujourd'hui, a été coupé à la hache.

J'achèverai ce que j'ai commencé ce jour-là. Ma dette a été payée dans son intégralité. Je ne lui dois plus rien. Nous sommes quittes.

Mon petit frère est mort.

Un mensonge que je peine encore à digérer.

Je dois effacer son retour de mon esprit.

La dernière image que je garderai de lui sera son sourire arrogant, son visage juvénile, son bracelet noir — serti de cristaux dorés — et notre brève poignée de main échangée avant son départ pour Pandora.

L'homme que j'affronte n'est pas Hyacinthe.

Notre rivalité est une course-poursuite où je suis à la fois le chasseur et la proie. Lorsqu'il est sur le point de m'attraper, j'utilise un subterfuge pour le semer. Et dès que je le poursuis, il disparaît sans laisser de traces.

Déjà une semaine que nous avons initié ce jeu mortel. Ce conflit n'a rien de noble.

J'ai toujours été son obsession. Désormais, il est devenu la mienne. Chacun se prépare dans l'ombre pour le jour fatidique. Notre heure n'est pas venue.

Il est encore tôt. Bien trop tôt.

Ce duel perdrait tout son sens si l'on s'affrontait maintenant. Après toutes ces années, nous nous devons d'en finir en beauté. Plus de complots, de pièges, ni de coups fourrés. Nous valons mieux que ça.

Cassandre ne m'a pas seulement détruit, il a brisé notre famille. Nous sommes toujours sous le joug de sa maudite influence. Ni mon frère, ni moi n'avons réussi à nous affranchir de son fantôme.

Il plane entre nous, comme un rappel constant de la relation que nous n'aurons jamais.

Par sa faute.

Mais cette guerre ne concerne pas que nous.

Kora, Ignis et Zéphyr sont restés là-bas. Ils sont bien sûr entourés de leurs armées respectives. Plusieurs acteurs engendrent plusieurs champs de bataille.

Ils ne me pardonneront sans doute pas.

J'ai demandé à Cordélia de m'accompagner, car je ne me voyais pas accomplir cette mission sans elle.

Elle est mon dernier point d'ancrage à la réalité.

Celle qui m'aide à ne pas perdre ma lumière.

Aussi frêle soit-elle, elle n'a pas disparu.

Elle a survécu à mes péchés.

Cordélia en est convaincue.

Moi aussi, je commence à y croire.

Sa présence m'est nécessaire.

Plus qu'un besoin, je ressens l'envie profonde de l'avoir à mes côtés. À chacun de mes pas.

Mais ce n'est pas mon unique motivation.

Il y a autre chose.

Quelque chose qui m'inquiète.

Cordélia ne maîtrise pas sa transmutation, ni ses pouvoirs. Son contrôle vacille sans cesse. Dès qu'elle se change en phénix, elle souffre. Ses dons ne sont pas un cadeau. Ils l'oppressent. Elle doit les apprivoiser…

Avant qu'ils ne la détruisent.

Jaune mordoré. Nous avons franchi le seuil de la forêt des Calluna vulgaris, située au Nord du continent.

Un terrain ouvert, éclairé, où il est impossible de se cacher du regard d'autrui. Pas de feuillage massif, de grotte, ni de brouillard opaque pour nous abriter.

Nous n'aurons pas le temps de traverser ce coin avant la tombée de la nuit. Une nuit sans sommeil est de rigueur, ce qui ne bouleversera pas mon quotidien.

Je descends de mon cheval, qui me porte depuis près de neuf heures. Aussitôt les bottes posées à terre, je le nourris et étanche sa soif avant de préparer un camp pour le coucher de Cordélia. Elle, qui d'ordinaire aurait insisté pour que je dorme, ne tente pas de modifier mes plans. Le regard songeur, elle se contente d'un « je vais méditer » avant de disparaître de mon champ de vision.

Elle répète ce rituel depuis que nous avons quitté le repaire des rebelles. Au geste près.

Nos discussions n'ont jamais été aussi pauvres.

Elle ne se confie pratiquement jamais sur l'échec ou le succès de ses entraînements. Je n'ai droit qu'à des « ce n'est pas assez » ou des « demain, ce sera mieux ».

Hormis ces quelques mots, elle reste muette.

Notre complicité me manque. J'ignore comment rétablir la communication entre nous.

La distance ne cesse de croître au fil des heures, malgré mes tentatives de dialogue.

J'aimerais l'aider, mais elle m'en empêche. Elle s'est complètement refermée sur elle-même. Dès que je la secoue un peu, elle se met en position de « rejet ».

Je ne me souviens plus de son odeur corporelle, ni de la douceur de sa peau, et encore moins du goût de ses lèvres. *Suis-je en train de la perdre ?*

Elle est là sans vraiment l'être.

Toute distraction est la bienvenue pour dissiper mon esprit en attendant son retour. Je rassemble du bois en un tas que je brûle dans la foulée, puis étends un drap sur le sol terreux, exempt de toute plante. Je récolte des framboises et des myrtilles en guise de dessert avant de partir à la chasse au gibier. Un bref repérage, une flèche en plein cœur, et le sanglier est prêt pour le dîner. Dans la poche de ma sacoche en cuir noir trône une fiole de sel, de poivre et de curry doux. Sans assaisonnement, un repas n'en est pas un. Cordélia revient lorsque la lune et les étoiles sont visibles à l'œil nu. Elle s'assied sur un coussin improvisé et saisit l'assiette que je lui tends en murmurant un vague « merci ». Sa viande est fraîche, cuite, découpée en morceaux et agrémentée d'épices à une dose raisonnable. J'aurais pu lui servir des criquets grillés qu'elle n'aurait pas fait la différence.

Elle mâche, avale, digère.

En silence.

Chaque soir, j'attends.

Qu'elle manifeste une émotion. Que ses pupilles croisent les miennes. Qu'elle mange son plat par envie, et non par nécessité. Qu'elle sorte de sa léthargie.

Qu'elle recommence à vivre.

— La cuisson te convient ?

— Oui.

— As-tu faim ? Plus qu'au déjeuner ?

— Non, mais je mangerai.

— Si ça ne passe pas, ne te force pas.

— Oui.

— Dors un peu. Nous repartons à l'aube.

— J'essaierai.

— Comment s'est passée ta séance ?

— Bien, je crois.

— Est-ce que tu parviens à…

— Demain, ce sera mieux, *me coupe-t-elle*.

Fin de la conversation.

Elle n'articulera plus aucun son aujourd'hui.

Elle a épuisé son quota de mots pour la journée.

Impuissant, mes épaules s'affaissent.

Je mâche, avale, digère.

En silence.

Dès que nos assiettes sont vides, je débarrasse et les asperge d'eau de source. Éponge en main, je frotte le tout avec du savon naturel. Nous en avons à foison dans nos bagages. Il y a tout ce qu'il faut pour la propreté, les besoins primaires et le soin du corps. Même si les armes blanches y occupent une place majeure.

Cordélia poursuit sa routine sans ciller.

Étirement de la nuque, des bras, puis des jambes.

Manteau enlevé, chaussures alignées sur le côté.

Élastique rangé dans la trousse de toilette.

Cheveux lissés, mèches coincées dans le peigne.

Visage rafraîchi, dents brossées.

Ses pieds sont habitués, ses mains sont lassées.

Aucun écart, ni la moindre nouveauté.

Sans un regard dans ma direction, elle s'allonge sur son lit de fortune et ferme les paupières. Le sommeil la cueille dans la minute qui suit.

Son esprit se met en veille, tandis que son corps, lui, hurle. Il persiste à se battre malgré l'abandon de son hôte. Sauf que cette bataille le dévore de jour en jour, et la mort, fourbe, lui murmure de capituler.

Un corps pourrait-il tenir sans un cœur ?

Je m'entête à rester près d'elle. À lui parler.

Pour que ma lumière ravive la sienne.

Une fine lueur suffirait à me redonner espoir.

J'effleure son visage, tâte son front.

Mais un souffle glacial m'accueille.

Est-elle encore là ?

***

Mes deux soleils se sont éteints.

Si même le ciel me tourne le dos, alors il ne me reste plus grand-chose auquel me raccrocher.

Une pluie diluvienne s'abat sur nos têtes.

Toute progression dans ce décor humide et flou devient impossible. Les chevaux risquent de se blesser, c'est ce qui me contraint à abdiquer. Nous n'avancerons pas davantage aujourd'hui. Les paupières lourdes d'eau, je descends de ma monture et la guide jusqu'à un chêne afin qu'elle puisse reposer ses pattes.

Cordélia imite mes gestes sans poser la moindre question. Ses cheveux dégoulinent sur son manteau déjà mouillé, tandis que ses mains gantées grelottent. Elle se frotte les doigts machinalement, mais abandonne toute tentative de se réchauffer au bout de trois secondes. Elle s'assied sur la pelouse fraîche, à l'abri, puis enroule ses bras autour de ses jambes. La joue posée au creux de ses genoux, elle observe le ciel. Ou autre chose.

Je lui tends une tasse en fonte bleu-mauve, dans laquelle j'ai infusé du thé au jasmin. Son préféré. Mais elle repousse le récipient en secouant la tête de droite à gauche. Son état s'aggrave. Elle ne refuse jamais un thé au jasmin d'ordinaire. Jamais.

— Juste quelques gouttes, s'il te plaît.

— Non, merci.

— Tu auras moins froid, si tu bois.

— Ça ne suffit plus.

Sa voix n'est qu'un léger murmure, mais elle est aussi aiguisée qu'une lame de rasoir.

Un éclair de compréhension me traverse.

Je ne suis qu'un pauvre imbécile.

Elle a *froid*. Ni la chaleur du désert, ni la vapeur d'une infusion ne résoudront ce problème.

Ma lumière ne suffit plus, voilà ce qu'elle essaie de me dire. Je ne peux pas l'aider. Personne ne le peut.

Je m'accroupis en face d'elle, entoure son visage de mes mains et noie mes yeux dans son regard éteint.

— Parle-moi… Parle-moi, Cordélia.

Seul le silence accueille ma requête.

Ses cils sont figés, coulés dans le bronze.

Ses lèvres sont closes, soudées entre elles.

J'essaie en vain de provoquer une réaction.

De trouver une lueur qui n'existe déjà plus.

— Qu'est-ce qui t'a mise dans cet état ? Quand as-tu sombré ? Si tu as survécu au *Recovery*, alors…

Elle tressaille à la mention du *Recovery*, et je me maudis de ne pas avoir compris plutôt.

— En fait, tu ne l'as jamais surmonté ?

Ma culpabilité refait surface.

Je n'ai rien remarqué.

J'ai été avec elle tout ce temps, et je n'ai rien vu.

Je pensais naïvement que mon amour suffirait à la guérir, à atténuer le poids de ses traumatismes.

Qu'elle irait de mieux en mieux.

Alors qu'elle souriait de moins en moins.

J'ai été le pire des amants.

— Pardon.

Je l'attire à moi dans une étreinte égoïste.

J'ignore si c'est elle ou moi que je veux rassurer.

Sûrement les deux.

Mais je regrette rapidement mon initiative.

Au creux de mes bras, elle ne réagit pas.

Ses mains pendent le long de son corps.

Elle se laisse faire, sans émettre de résistance.

Je la relâche dans la seconde qui suit.

Je ne peux pas la toucher. Pas comme ça.

Je m'apprête à me redresser lorsque je sens une prise se resserrer peu à peu dans le bas de mon dos. Je me demande si je ne suis pas en train d'halluciner avant de voir les doigts de Cordélia, agrippés à mon manteau bleu de cobalt. Je ne sais pas ce que ce geste signifie. Ce serait une mauvaise idée d'y déceler de l'espoir. Mais je m'y accroche obstinément.

J'ai besoin de m'y accrocher.

J'hésite à effleurer sa main, de peur de gâcher ce moment. Ou de briser à néant sa tentative inespérée.

Soudain, un éclair frappe la terre.

À quelques mètres d'ici.

Sauf qu'il n'y a pas d'orage.

On nous a trouvés.

J'extrais ma lame de mon fourreau et m'éloigne à contrecœur de Cordélia. Mon mouvement brusque la fait sursauter. Je me positionne de sorte à ce qu'elle soit cachée. *Ai-je bien fait de l'emmener avec moi ?*

Les éclairs se succèdent.

La créature se rapproche.

Or, je ne sens pas son odeur.

Hyacinthe n'est pas là.

La Hawken est venue seule, de son propre chef.

Elle annonce sa présence, mais n'attaque pas.

Étrange.

Je reste sur mes gardes, fixant l'horizon.

Plusieurs minutes s'écoulent avant que la bête ne se dévoile. Quelque chose est coincé à l'intérieur de son bec. À peine ai-je le temps d'en discerner les contours qu'elle le lâche. Il s'écrase au sol dans un fracas, roulant dans la boue avant de s'arrêter à trois centimètres de ma botte. La Hawken s'en va avant même que mon cerveau n'assimile ce qui se trouve sous mes yeux.

Un crâne détaché de son corps.

Ne regarde pas son visage.

Lèvres entrouvertes. Gorge ruisselante.

Le sang n'a même pas encore séché.

L'assassin ne s'est pas donné la peine de fermer ses paupières. Mon premier réflexe est de tenir Cordélia à l'écart. Son corps s'est mû de lui-même à l'instant où le choc a retenti, mais j'ai été plus rapide.

Elle ne doit pas le voir.

J'énumère mentalement tous les moyens que j'ai à ma disposition pour me débarrasser de ce morceau de cadavre sans qu'elle le sache. Je songe aux mensonges que je lui servirais en cas de nécessité.

Elle ne doit pas le voir.

Cordélia perçoit mes émotions aussitôt qu'elles se forment. Son âme d'empathe m'a toujours terrifié, et c'est sans doute la raison pour laquelle je passais le plus clair de mon temps à la fuir.

Ne regarde pas son visage.

Elle n'a pas besoin d'un mot de ma part pour me déchiffrer. Mon esprit est un livre abîmé, déchiré, piégé. Mais elle connaît toutes ses pages et même l'ordre dans lequel elles ont été assemblées.

Ne regarde pas son visage.

Mon cœur est une énigme qui se renouvelle sans cesse. Pourtant, elle trouve sa solution rien qu'avec mes bribes d'émotion libérées dans un moment de faiblesse.

Je ne peux rien lui cacher.

Mais je braverai cet impossible.

Elle ne doit pas le voir.

Ses ongles tirent sur le bas de mon manteau.

Je me tourne vers elle instinctivement.

Pour la première fois depuis des jours, ses iris se colorent. Un orange sombre, ponctué de chagrin.

Ne regarde pas son visage.

Sa poigne est si ferme que je peux sentir un brin de vitalité émaner d'elle.

Elle est encore là.

Je devrais m'en réjouir.

J'aimerais m'en réjouir.

Qu'est-ce qui m'en empêche ?

Le cadavre.

Je dois m'en débarrasser. Maintenant.

Elle ne doit pas le voir.

Réfléchis. Que faire ?

Le mettre dans un sac en toile de jute.

Masquer l'odeur de la décomposition.

L'enterrer quelque part dans la forêt.

Ou le brûler.

Non, le noyer dans la rivière.

Trouver une excuse.

Comment partir sans éveiller ses soupçons ?

Le fil de mes pensées est interrompu par sa voix.

Sa douce voix, que je réclamais tant.

J'aurais été heureux dans un autre contexte.

Oui, j'aurais été heureux de l'entendre.

Si je n'avais pas reconnu *ce* visage.

— Daphnis, pourquoi pleures-tu ?

Chapitre 2

Zéphyr

Ma muse m'a abandonné.

Elle ne s'infiltre plus dans ma tête.

Aucun son. Aucune note. Aucune parole.

Rien.

Elle s'est envolée à la seconde où ma flûte a été brisée en mille morceaux. Ses fragments sont éparpillés sur le sol, imbibés de mon sang.

Si je la répare, ma muse reviendra-t-elle auprès de moi ?

L'odeur des cadavres emplit mes narines.

Aussitôt inhalé, aussitôt dégoûté.

Je suis pris d'assaut par une violente nausée.

Je plaque ma main contre ma bouche, en tentant vainement d'atténuer cet affreux parfum. Je me maudis dans la seconde qui suit. Ma manche en lin, jadis d'un blanc immaculé, est désormais tachée.

De poussière. De terre. De sang.

Ma tunique est sale. Atrocement sale.

Mon pantalon est déchiré.

Mes espadrilles sont trouées.

Ma peau est lacérée à divers endroits.

Et le pire, ma précieuse chevelure.

Abîmée aux racines, brûlée aux pointes.

Rien n'a été épargné.

Je suis dans un état lamentable.

Ma beauté s'est envolée, elle aussi.

Je hais la guerre.

À droite, une tête détachée de son corps.

À gauche, une poitrine ouverte.

Des organes ont été disséminés dans un désordre grotesque. Des bras ont été séparés de leur propriétaire. Des jambes ont été amputées. Des dents se sont égarées au milieu des champs de perce-neiges.

Cette vue est répugnante.

Je ne suis pas à ma place ici.

Je ne peux pas supporter tant de…

Un haut-le-cœur, et mon estomac se vide dans la pelouse. Cet arc-en-ciel de nourriture mâchée, avalée et à moitié digérée me débecte. Je songe un court instant à me trancher la gorge afin d'apaiser ma souffrance.

Une souffrance néanmoins prévisible.

Je ne peux pas me plaindre, si je sais par avance dans quoi je m'engage.

Je ne peux m'en prendre qu'à moi-même.

Mes calculs n'étaient pas bons.

Le combat aurait dû tourner en notre faveur.

Nos armées n'étaient pas aussi massives que les leurs, mais nos soldats étaient mieux équipés.

Parmi les trois Hawken, deux sont restées.

La dernière a fui avec le chef de la rébellion.

Celui que Daphnis était censé tuer.

Il n'a pas accompli sa mission.

Cerise sur le gâteau, il est parti avec Cordélia.

Notre arme la plus redoutable, bien qu'instable.

Trois phénix, dont deux ayant été affaiblis par la précédente bataille. À quel moment s'est-il dit que nous pouvions gérer la situation ?

Ceci est un acte de trahison.

Que le chef soit son frère n'est pas notre affaire.

Qu'il ait des remords, qu'il soit perturbé par son passé ou que sais-je, ce n'est pas mon problème.

Chacun avait un rôle à jouer dans cette guerre.

Lui n'avait qu'une seule chose à faire.

Une seule.

Mais il ne l'a pas fait.

Nous avions une alliance.

Il l'a brisé.

À mes yeux, il ne vaut pas mieux qu'un renégat.

Qu'il meurt ou qu'il vive, peu m'importe.

Il n'a plus mon soutien, ni mon amitié.

Il a abandonné son armée, ses collègues et même le reste du continent. Pour une vengeance fraternelle.

C'en est risible.

De nous tous, il devait être le plus sensé.

Le plus raisonnable.

Une autre mauvaise estimation de ma part.

J'accumule les erreurs ces temps-ci.

Pourquoi l'être humain est-il si imprévisible ?

Une flèche s'enfonce dans mon épaule droite.

J'observe ma blessure, perturbé.

Je n'ai pas entendu les pas de l'archer, ni le bruit d'une flèche décochée. *Impossible.* À moins que…

Il faut que je vérifie quelque chose.

Je retire le projectile d'un coup sec, puis cherche du regard ce qui pourrait confirmer ce que je sais déjà.

Perchés sur une branche, les pinsons ont le bec ouvert. Ils chantent, si je me fie à leur posture.

Où sont les vibrations ? Les sons ?

Je porte une main à mon oreille, puis à l'autre.

Du sang séché recouvre mon index.

J'entrouvre les lèvres, lâchant sans conviction :

— Violette ? Honor ?

Le silence.

Rien d'autre que le silence.

Je suis incapable d'entendre ma propre voix.

L'inspiration part et revient.

Elle est vagabonde, mais son départ n'est jamais définitif. Mon ouïe, elle, ne reviendra pas.

Quoi que je fasse, je suis condamné.

Condamné à errer sans passion.

Si je ne perçois plus les sons, comment jouer de la flûte ? Comment chanter ? Comment m'échapper de ma réalité ?

La musique m'est indispensable.

Elle est mon guide, ma lumière.

La clé de ma cage.

Elle est ma raison de vivre.

Enfin, elle l'était.

Maintenant, elle est hors de ma portée.

Inaccessible.

Un musicien sans musique équivaut à un oiseau sans ailes. Absurde. Impensable. Horrifiant.

Une autre flèche fuse dans l'air.

Elle percute ma jambe droite.

Je trébuche sur l'herbe, me rattrapant de justesse avec les paumes de mes mains, déjà bien écorchées.

Toute volonté de me battre me quitte.

De toute façon, je suis déjà mort.

Je pose les genoux à terre, prêt à abdiquer.

L'Opalin ne tente même pas de m'en empêcher.

Il est épuisé, lui aussi.

Épuisé de vivre.

Mes paupières se ferment, une courte seconde à peine, avant qu'on ne me pousse sans ménagement sur la pelouse carmin. Ma chute est amortie par un cadavre dont la poitrine est déchiquetée. L'odeur de putréfaction fait remonter la nausée le long de ma gorge. Je serre les lèvres afin d'éviter une nouvelle coulée de vomissure.

Écœuré, je détourne le regard de ce corps inerte, peu reconnaissant de son aide involontaire.

Je préfère connaître le même sort plutôt que de remettre mon nez dans des organes en décomposition.

Cette odeur, cette ambiance, ces immondices…

Je ne peux pas.

En me relevant, mon regard croise celui de mon vice-général. Celui que je croyais avoir perdu au milieu de cette bataille interminable. Celui qui a dirigé l'armée du vent pendant que je subissais la fureur des Hawken.

Celui qui m'ôte la seule issue qu'il me reste. La seule issue qui m'apportera la délivrance. La paix.

Dans les yeux d'Honor brille une rage contenue.

Je ne l'avais jamais vu dans cet état.

Avec spontanéité et adresse, il tire une flèche en plein cœur des archers qui me menaçaient. Les rebelles s'évanouissent sur le sol, la bouche entrouverte.

Son arc en fibre de verre, avec une poulie forgée dans l'argent, rougit sous sa poigne de fer.

Son carquois, qui déborde de flèches à la pointe en acier, pend mollement sur son épaule droite.

Embarrassé par cette position inconfortable, il le rehausse dans le creux de son omoplate avant de pivoter sur ses talons.

Ses iris vert sapin se posent à nouveau sur moi.

Et soudain, son calme disparaît.

Sa rage explose, se diffuse tel un gaz mortel.

Ses veines palpitent.

Ses mains s'agitent pour me pointer du doigt.

Ses lèvres se déforment, influencées par ses cris.

Ses larmes pèsent lourd sur ses cils.

Je ne l'avais jamais vu dans cet état.

Est-ce moi qui ai provoqué cette tornade ?

Je devine ses consonnes englouties, ses moments de flottement et ses mots hachés rien qu'à la façon dont son menton se lève, puis s'abaisse.

Sa timidité et sa gêne ne sont plus que cendres.

Plusieurs minutes s'écoulent, sans qu'il détourne les yeux. Ses pupilles sont ancrées dans les miennes.

En dix-neuf ans d'existence, c'est une première.

Il me pousse, puis m'attrape par le tissu déchiré qui recouvre ma peau.

Mon vêtement se froisse à son contact.

Cet affront, pourtant irrespectueux, fait naître un sourire de fierté sur mon visage.

Il était temps qu'il se lâche.

Il fallait qu'on m'ôte toute envie de vivre pour que Honor ose enfin exprimer ce qu'il ressent.

Si tragique que cela en devient amusant.

Je crois qu'un rire m'échappe dans la foulée.

Il interprète mal ce geste de ma part.

Ses phrases se transforment en aiguilles.

Je comprends pourquoi il se cachait derrière son gant incolore. Lorsqu'il parle en continu, il postillonne.

À chaque expiration.

Peut-être en avait-il honte. Peut-être craignait-il de ne plus être pris au sérieux lors des réunions ou des prises de parole devant le peuple. Peut-être redoutait-il d'être méprisé pour un tic qu'il ne maîtrisait pas.

Mais ses craintes sont désormais le cadet de ses soucis. Mon mutisme ne fait qu'accroître sa colère. Ses joues, d'ordinaire aussi laiteuses que le plumage de mes colombes, rosissent au point d'irradier de chaleur. Son index s'enfonce dans le pli de ma tunique. Il m'en veut. Il est submergé par la rancune et l'incompréhension.

Je n'assimile même plus le fond de sa pensée.

Impossible de lire sur ses lèvres tant son débit de parole est effréné.

Noyé dans son avalanche de reproches, j'attrape tout de même quelques syllabes à la volée.

Un mot revient sans cesse : « Pourquoi ? ».

Le temps finit par m'échapper, lui aussi.

Je me contente d'absorber.

Absorber. Absorber. Absorber.

Jusqu'à ce qu'il n'y ait plus rien à absorber.

Par fatigue ou résignation, ses cris se tarissent.

Enfin.

Il me fixe, déçu par mon absence de répartie.

Son estime pour moi est plus basse qu'elle ne l'a jamais été. Ses pupilles me survolent, à la recherche de quelque chose. D'une explication, sans doute. Lorsqu'il s'attarde sur mes oreilles ensanglantées, une étincelle de lucidité le traverse. Et ce ne sont plus des larmes amères qui coulent sur ses joues, mais des larmes acides.

Recovery : la Fin d'une Ère | Momo-Lune

lucidité le traverse. Et ce ne sont plus des larmes amères qui coulent sur ses joues, mais des larmes acides.

Chapitre 3

Daphnis

Je ne suis pas fier de ce que j'ai fait.

J'ai utilisé une technique sournoise, qui consiste à exercer une pression douce, mais ferme, à des endroits précis du corps afin d'endormir une personne.

Cordélia est dans les vapes depuis deux heures.

J'ai eu le temps d'éliminer toute trace du cadeau lugubre, gracieusement offert par la Hawken.

Mon penchant pour la fuite a ressurgi.

Je n'ai pas su lui mentir, ni lui dire la vérité.

Alors, j'ai choisi la troisième option : celle de la non-confrontation.

Mais il faudra que je m'explique à son réveil.

Si elle me parle.

Sans trop m'éloigner du cerisier sous lequel dort Cordélia, je m'évertue à rassembler tout ce qui pourrait servir à son art. Des plaques d'écorce de bouleau séché, pour pallier l'absence de toiles en fibres de lin. De l'eau servie dans un bol. Deux tiges de bois taillées en pointe, avec de la soie de porc fixée au bout à l'aide d'une colle faite maison. Des symphorines, autrement connues sous le nom « d'arbres à perles ». Leurs baies blanches, après avoir été broyées, donnent un pigment aux tons bruns et rouges. Et un petit chiffon de papier pour l'estompage.

L'art est le dernier espoir qu'il me reste pour la sauver. Lorsqu'elle ouvre enfin les yeux, je ne lui laisse pas le temps d'émerger que je lui tends son matériel de peinture provisoire. Perplexe, elle fixe un à un les objets que je lui ai rapportés. Mus par un mouvement naturel, ses doigts saisissent un pinceau pour le tremper dans le bol, puis dans la teinture. Et elle se met à peindre.

Sans émotion, sans envie.

Mais avec son âme.

Comme si elle était née pour ça.

Peut-être est-ce le cas.

J'attends, en silence, que son cœur se ranime.

Ses prunelles cornaline se noient dans le tableau.

Si son visage demeure parfaitement inexpressif, ses mains se déchaînent avec une fougue ardente.

Des traits s'ajoutent, jusqu'à former les contours d'un crâne. Deux fentes creuses, vides, en guise de paire d'yeux. Des lèvres tachées, imbibées d'un liquide rouge qui ruisselle en cascade jusqu'à engloutir les rebords de l'écorce. Une gorge entaillée, d'où s'échappe un nuage de fumée. Son œuvre exhale le chagrin que sa voix n'a plus la force d'exprimer. J'ignore si je suis soulagé de la voir revivre, ne serait-ce qu'un moment, ou dévasté par le désespoir dans lequel elle s'est enlisée.

Depuis quand ce sentiment pourrit-il son cœur ?

En apportant les dernières touches à son dessin, un frisson la parcourt. Elle lâche le pinceau, happée par le pigment qui a giclé sur ses mains dans sa frénésie. Ce n'est plus de la teinture qu'elle voit, mais du sang. Je le comprends à son effarement.

— Je crois que j'ai oublié pourquoi je tuais.

Sa voix tremble sous l'intensité de cet aveu.

Je m'accroupis en face d'elle, puis soulève son menton afin que son regard se lie au mien.

— J'oublie aussi, parfois. Souvent, en fait. Notre mémoire est toujours biaisée, influencée par nos vœux, nos peurs et nos désillusions. La frontière entre *devoir* et *pouvoir* est si fine, il est facile de s'y perdre.

— Et la morale, dans tout cela ?

— J'ai du mal à définir la notion de « morale ». Doit-on pardonner un acte infâme, si l'intention derrière était pure ? Doit-on punir ceux qui volent parce qu'ils ont faim ? Doit-on châtier ceux qui tuent au nom de leur patrie, ou bien les féliciter d'avoir protégé leur village ? Dans une guerre, il n'y a plus de bien, ni de mal. Il n'y a que des choix. Le pouvoir du *nombre* règne en maître. S'il faut sacrifier une vie pour en épargner des milliers, personne ne s'en plaindra. Personne ne s'en souviendra, du malheureux choisi par le sort. Nous baignons dans la cruauté de la guerre depuis des siècles, nos yeux se sont habitués au chaos. Mais aucune guerre ne se ressemble, et cette fois-ci, tout est différent.

— En quoi est-ce différent ?

— Nous ne combattons pas par cupidité, ni pour la gloire et encore moins sous l'attraction de la rancune. Nous nous battons pour l'avenir.

— Cet avenir, en vaut-il vraiment la peine ?

— C'est la seule chose qui en vaille la peine.

La tension accumulée dans son corps se relâche d'un coup. Elle s'écroule dans mes bras, laissant sa tête reposer sur mon torse. D'abord stoïque, je m'autorise au bout de quelques minutes à accueillir cette étreinte et à la toucher. J'effleure, puis caresse sa chevelure pourpre de haut en bas, dans le désir naïf que ce geste aspire ses maux pour les transformer en pétales de rose.

— À quel prix ?

Ce murmure me paralyse autant que l'aurait fait un hurlement. *Elle sait.*

— Tu l'as vu.

Ces mots me brûlent la trachée.

Je n'ai pas été assez rapide.

J'ai échoué à la protéger.

Encore une fois.

— Il méritait mieux.

Je déglutis, pris au piège de ma culpabilité.

Aurais-je commis une erreur ? Déplore-t-elle sa mort, ou la façon dont je l'ai camouflée ?

Contiens-toi.

Je voulais lui épargner cette vision d'horreur.

La guerre est un traumatisme. Et je pense qu'elle en a suffisamment, alors je me suis dit que…

J'ai simplement suivi mon instinct.

Elle en a déjà vu, des cadavres.

Mais une tête sans corps n'est pas très agréable à voir, même si on portait peu d'estime à cette personne.

Elle était déjà au plus bas, je voulais la préserver de ce nouveau poids. La sortir de l'abysse au lieu de l'y enfoncer plus profondément. Pourtant, mon intervention n'a pas eu l'effet escompté.

Pourquoi fais-je toujours les mauvais choix ?

Mes caresses diminuent, jusqu'à s'évanouir.

Mes mains se crispent, perdues.

Dès que j'essaie d'aider, j'empire les choses.

Est-ce ma façon d'aimer, le problème ?

Ou alors est-ce *moi*, le problème ?

J'aimerais tant bien faire.

Mais je ne fais jamais ce qu'on attend de moi.

À croire que je suis incapable de ne pas décevoir ceux qui me sont chers.

— Daphnis, ce n'est pas parce que je souffre que tu n'as pas le droit de souffrir, toi aussi.

Ses paroles me prennent au dépourvu.

Je m'étais préparé à des reproches, à des regrets, à de la contrariété, voire du dégoût.

Mais certainement pas à cette déclaration.

Je ne voyais pas la situation sous cet angle.

Je ne pensais pas en avoir le droit.

Quand on passe la majeure partie de sa vie à être privé de libertés, on oublie à quoi elles ressemblent. Je n'ai plus de chaînes, mais je trouve encore le moyen de m'enchaîner.

Un soupir d'amertume s'échappe de ma bouche. Serai-je un jour délivré du souvenir de Cassandre ?

— Merci.

Pour certains, ce mot n'évoque pas grand-chose.

Un gage de politesse usé à tort et à travers, à tel point qu'il en perd toute sa saveur.

Ce n'est pas faux, en soi.

Mais ce sont les gens qui l'ont rendu pauvre en goût. Ce mot de cinq lettres, utilisé à des moments clés, représente bien plus qu'une marque de reconnaissance.

Les rares fois où je le prononce, je me mets à nu. Complètement.

Il n'y a pas de déclaration plus intense que celle-ci pour un homme qui n'a jamais appris à partager son cœur avec le monde.

Le pouvoir des « mots simples » est trop souvent sous-estimé. On leur reproche leur nature mais on abuse d'eux. Parfois par nécessité, souvent par habitude. Nous ôtons leur identité en leur donnant trop de sens. Mais ils s'avèrent plus riches qu'un gisement d'or lorsqu'on sait comment les employer.

Tout est une question de dosage.

Cordélia, plus que quiconque, devine combien il m'est difficile d'articuler ce mot.

Alors, dès que ce phénomène se produit, elle en savoure chaque petit gramme comme s'il s'agissait d'un cake aux olives, son gâteau favori. Même dans ses jours sombres, elle ne cesse de m'émerveiller. Sa capacité à comprendre les autres est son don le plus précieux. Et le plus beau, selon moi.

— As-tu fait tes adieux ?

Elle connaît déjà la réponse.

Pourquoi donc me poser la question ?

Pour que je le fasse.

Mais je ne suis pas prêt.

Peut-être que je ne le serai jamais.

— Non, je ne peux pas.

— Tu ne pourras pas fuir indéfiniment.

— Je ne fuis pas.

— Le déni ne sauve personne.

Sa réplique transpire le vécu.

Je devrais l'écouter.

Suivre ses conseils.

Plus facile à dire qu'à faire.

— Je m'en suis débarrassé. Je lui ai attribué ses honneurs funèbres en bonne et due forme, en respectant la tradition d'Azura. Une courte prière : « La mort n'est qu'une étape avant la vie. Si notre terre te rejette, le ciel t'accueillera toujours ». Une douce symphorine, en tant que substitut pour le bouquet de lavandes que l'on jette machinalement sur la dépouille. Enfin, quelques gouttes de mon sang afin qu'il ne s'égare pas sur le chemin vers les cieux. Je n'ai rien omis. Il est bel et bien parti.

Elle enfonce son index dans mon thorax, pile là où se trouve mon organe vital.

— Tu ne lui as pas dit au revoir, Daphnis. Tu le retiens encore. Juste *ici*.

Mon souffle se coupe un instant.

Puis revient dans une valse irrégulière.

— Il s'est conduit comme la pire des enflures et pas qu'avec moi, mais aussi avec *toi*. Il a trahi son pays, son frère, ses amis et tous ceux qui croyaient en lui. Ce n'est pas *normal* que je sois affecté par sa perte, car il était… notre ennemi, *affirmé-je d'une voix rauque.*

Un voile opaque se pose sur ses pupilles, ce qui me fait frémir d'appréhension.

La façon dont elle balance son corps au creux de mes bras ne me rassure pas, au contraire. Je comprends aussitôt qu'elle détient une vérité que je n'ai pas.

Je m'apprête à la sonder quand elle me devance :

— Non, il ne l'était pas.

Chapitre 4

Daphnis

Mon esprit se met sur pause.

J'entends sans vraiment l'écouter.

Ses confessions me parviennent par bribes, dans un bruit de fond léger, presque inaudible.

Le temps ne m'a jamais paru aussi lent.

Le chant des oiseaux s'éloigne pour migrer vers le sud. Le friselis des feuilles n'est guère assez intense pour que j'en sois captivé. Les lames d'eau se tarissent, me laissant seul dans ce calme oppressant.

Plus rien ne m'empêche de l'écouter.

Je subis la dureté de ses révélations sans aucune distraction. Elle cherche à capter mon regard, alors qu'il s'est déjà perdu dans un horizon lointain.

— Il ne t'a pas trahi. Il t'a protégé.

Ces mots me portent le coup de grâce.

La sueur coule le long de ma tempe, s'échouant sur la veste de mon uniforme bleu de cobalt.

Je me remémore toutes les fois où je lui ai parlé. Toutes les fois où j'aurais pu comprendre le sens caché derrière ses paroles et ses actes. Toutes les fois où ses yeux appelaient les miens. Toutes les fois où j'aurais pu déceler ses véritables intentions.

Je l'ai côtoyé durant des années. J'étais censé le connaître par cœur. J'aurais dû être capable de discerner le vrai du faux. Déchiffrer le courage derrière sa fausse arrogance. La souffrance derrière ses injures creuses. La solitude derrière son sacrifice. L'amour, au-delà de son mutisme. Il m'a dupé en beauté, et je n'ai rien vu.

— Daphnis ?

Mes souvenirs prennent le dessus.

Je me souviens de la violence avec laquelle je l'ai torturé. Des hurlements qui émanaient de sa gorge. Des larmes qui fuyaient ses yeux. De la douleur qui le rongeait pendant des minutes, des heures. Des brûlures au visage, immuables au temps. Cette scène hantait mes nuits alors que je pensais avoir agi comme il le fallait. Les remords me pendaient au nez malgré sa trahison. Je me sentais comme un *monstre* pour avoir martyrisé mon frère de cœur. Comment puis-je apaiser ma culpabilité, maintenant que sa loyauté est limpide ? Comment suis-je supposé me battre contre le fantôme de mon géniteur, si chaque jour qui passe je lui ressemble davantage ?

— Daphnis ?

Cassandre m'a détruit.

Pour me reconstruire à son effigie.

Ce que je hais encore plus que mon père, c'est le fait que nous ne soyons pas si différents l'un de l'autre.

À chaque fois que j'essaie de m'éloigner de mon passé, de ce qu'il m'a fait, ma vraie nature me rattrape.

Je ne vaux pas mieux que lui.

Et c'est ce que je redoutais par-dessus tout.

— Daphnis, écoute-moi.

La voix de Cordélia me semble loin, si loin.

Je ne parviens plus à discerner sa silhouette.

Mes ténèbres m'engloutissent.

Et je suis seul dans cette obscurité.

Mes jambes me rapprochent du tronc du cerisier, où reposent nos deux chevaux. Cavea, ma monture, dort sur mes bagages. Je fouille dans la poche avant de mon plus grand sac, en veillant à ne pas la réveiller.

Cinq secondes à peine s'écoulent avant que je ne déniche l'objet de ma convoitise.

Une fiole chimique, renfermant un liquide violet aussi intense que celui d'une prune.

Identique au flacon que j'ai versé sur Nabil.

Je retire le bouchon en liège, puis le jette dans le sac. Une simple inhalation de ce produit suffirait à vous brûler les narines. Cette substance corrosive, concoctée par mes soins, est le résultat de l'enseignement de mon paternel. Il voulait que je sois aussi sadique que lui. Qui aurait pensé que je ferais un jour usage de ses cours ?

Pas moi.

C'était la limite que je ne voulais pas franchir.

Je savais qu'il n'y aurait pas de retour en arrière possible. Pourtant, j'ai mis à profit son savoir.

Pire, je me le suis approprié.

J'ai besoin de ressentir ce que Nabil a ressenti.

De souffrir autant qu'il a souffert.

Je ne fermerai pas les yeux.

Je regarderai la douleur en face.

Il est temps que je cesse de me réfugier derrière les manipulations de Cassandre. C'est moi qui ai torturé Nabil, pas lui. C'est moi qui ai créé ce poison, pas lui. Il ne m'a pas mis l'épée sous la gorge, il n'a plus de corps pour le faire. J'ai laissé son souvenir me tourmenter de mon plein gré. Il faut que je prenne mes responsabilités.

Personne ne m'a forcé à commettre ces crimes.

Donc c'est à moi de les expier.

J'ai parfaitement conscience du supplice que je suis sur le point de m'infliger.

Pour l'avoir vu de mes propres yeux, je connais toutes les étapes qui vont suivre sur le bout des doigts.

Peut-être qu'enfin, après ça...

Peut-être qu'enfin je pourrai me pardonner pour mes faiblesses et mes erreurs de jugement.

J'incline la tête vers l'arrière, puis lève le flacon.

Sans crier gare, mon mouvement est interrompu par l'intervention de Cordélia. Elle frappe la fiole que je tenais entre les mains avec tant de rage qu'elle l'envoie valser sur la pelouse. Son contenu se déverse alors dans la foulée, réduisant en cendres les pauvres plantes qui se trouvaient malencontreusement à cet endroit-là.

Je cligne des paupières, ahuri par ce geste de sa part. Je n'ai pas le temps de réagir qu'elle me secoue les épaules. Je demeure immobile, submergé par ce qu'il se passe. Pour qu'elle succombe à la violence, la situation doit être grave. Je suis la goutte de trop. La goutte qui fait déborder son vase. Ses eaux troubles, qu'elle peinait à garder sous contrôle, se libèrent dans un raz-de-marée.

Elle m'attrape par le col de ma chemise, puis me soulève du sol avec une force que je ne lui soupçonnais pas. Mon corps lui obéit sans rechigner, honteux.

Quand mes prunelles plongent dans les siennes, je suis happé par les émotions qui dansent dans le rouge orangé de ses iris. La colère et le chagrin s'entremêlent avec une osmose fascinante. J'en oublie presque *qui* est le responsable de son état. Sa poigne se resserre sur ma chemise bleu pastel, si bien que ses ongles transpercent l'étoffe pour se frayer un chemin jusqu'à ma peau nue.

— Comment peux-tu…?

Ses paroles ruissellent de reproches.

J'entrouvre les lèvres pour lui répondre, mais ce n'est pas dans ses projets de me laisser dire quoi que ce soit. L'amour caché derrière sa rage est si fort qu'il me fait infiniment plus mal que ses gestes, aussi impétueux soient-ils. Je réalise, un peu tard hélas, à quel point mon acte était égoïste.

— Comment as-tu pu ne serait-ce qu'y songer ? Qu'espérais-tu, au juste ? Racheter tes fautes ? Te faire du mal ne le ramènera pas. Te mutiler ne changera pas ce que tu lui as fait. Tu le *sais*. As-tu pensé à ce que je ressentirais, moi ? Pleure, crie, hurle ce que tu as sur le cœur. Fais ce qu'il faut pour te sortir de cette obscurité dans laquelle tu t'es enfermé, mais ne tombe pas dans le piège de la mutilation, je t'en prie. Cela ne te fera aucun bien. Sur le moment, peut-être. Sur le long terme, tu ne seras qu'encore plus brisé. Le plus grand crime que l'on puisse commettre en ce monde, c'est l'abandon de soi. J'ai consumé ce péché à deux reprises, je ne peux pas te laisser sombrer, toi aussi.

Son discours me coupe toute envie de suivre ma volonté initiale. Mon orgueil n'est pas assez grand pour m'aveugler face à ses propos raisonnés.

— Pardon.

— Je n'en veux pas, de tes excuses, Daphnis. Ce que je veux, c'est que tu comprennes.

— J'ai compris.

— En es-tu sûr ? Puis-je vraiment y croire ? Tu n'as pas l'intention de recommencer une fois que j'aurai le dos tourné ?

— Non, je te le promets.

Sa poitrine se gonfle, puis se dégonfle au rythme effréné de ses battements de cœur. Elle desserre peu à peu l'emprise de ses doigts sur mon vêtement, sans me lâcher toutefois.

Elle se laisse glisser par terre, m'entraînant dans sa suite. Et une étreinte se forme naturellement.

Je n'émets aucune résistance.

Au contraire, j'enfonce mon visage au creux de ses seins, dissimulés sous sa cape pourpre. Elle se met à me bercer, caressant mes cheveux céruléens.

En quelques minutes, les rôles se sont inversés.

Je la rassurais, tandis qu'elle absorbait.

Désormais, c'est elle qui m'apaise tandis que je m'abreuve de son énergie. De son affection, surtout.

— Te souviens-tu du jour où tout a commencé ?

Elle n'a pas besoin d'expliciter sa pensée. Je sais précisément à quoi elle fait référence.

— Comment pourrais-je l'oublier ? Mon masque de *général impitoyable* s'est fissuré ce jour-là. Au fond de moi, je me doutais que le règne de ce masque arrivait à terme. Je suivais la voie que mon père avait dessinée, sans le savoir, jusqu'à ce que tu m'incites à changer de trajectoire.

— Tu n'es pas ton père, Daphnis.

— Parfois, j'ai l'impression qu'il est là. *En moi.*

— Mais il n'est pas là. Il ne peut plus te faire de mal. Tu ne seras jamais à l'image de ton père, car tu as quelque chose dont il était dépourvu : *de l'empathie*. Et cela, il ne pourra point te le voler.

Certaines personnes ont le pouvoir de prononcer les mots dont vous avez besoin au bon moment.

Cordélia a trouvé le guide de mon âme avec une chronologie détaillée, un minutage précis, des clés faites sur mesure pour guérir mes maux et une étude complète de mes émotions. Le plus déroutant, c'est qu'elle n'en a même pas conscience.

— Et si on recommençait ?

Sa question réveille des sensations enfouies.

Une vague de nostalgie me traverse.

Tous les moments que nous avons partagés sont spéciaux, mais il y en a *un* qui m'a plus marqué que les autres. Le souvenir qu'elle évoque depuis déjà plusieurs minutes est mon favori, car c'est à cet instant que j'ai su qu'elle aurait une place dans mon cœur que nul ne serait en mesure de dérober.

— Je vais finir par croire que tu préfères peindre sur mon torse plutôt que sur une toile.

Un éclat de rire s'échappe de sa gorge.

Ce son m'avait tant manqué.

— En fait, tu vas peindre aussi.

Ce n'était pas une proposition, mais bel et bien une affirmation. Me surprendre est une manie chez elle.

Le trouble m'envahit, ainsi qu'un sentiment plus agréable qui n'est autre que l'excitation.

Elle se relève, puis récupère les pinceaux et les pigments que je lui avais apportés un peu plus tôt.

Je l'observe sans bouger.

Quand elle s'assied à nouveau en face de moi, je n'ai toujours pas repris mes esprits.

Elle me tend l'une des tiges en bois, que je saisis avec une seconde de latence.

— Peinture sur corps à deux, est-ce ton idée ?

Ma question, dont la réponse est certes évidente, l'amuse. Les yeux ancrés aux miens, elle ôte sa cape, la veste de son uniforme et sa ceinture avant de défaire les boutons de son chemisier pourpre. Je déglutis, perturbé par la vision qui s'offre à moi.

— Tu risques d'avoir froid.

Le climat est certainement la dernière chose qui m'intéresse là, maintenant, mais j'essaie de conserver le peu d'assurance qu'il me reste.

Difficile d'être stoïque quand la femme que vous aimez s'affiche dans son plus simple apparat.

Un soutien-gorge sans bretelles couvre ses seins, mais cette lingerie la sublime au point qu'il me faut user d'un sang-froid hors-norme pour garder mes yeux rivés sur son visage. Mauvaise tactique, puisque ses lèvres ne sont guère moins attrayantes. Je suis piégé.

— Crois-moi, je n'aurai pas froid.

Nouvelle déglutition.

Elle a raison.

Je meurs de chaud dans mes vêtements.

— Qu'attends-tu pour te déshabiller ?

Si elle n'avait pas peur de prendre des initiatives à notre rencontre, elle devient encore plus entreprenante au fil du temps. Je ne vais pas survivre à cette activité.

Contiens-toi.

Mon impatience se ressent dans mes gestes.

En une courte minute, je me retrouve assis torse nu à quelques centimètres d'elle.

Chacun de nous humidifie son pinceau avant de le tremper dans le pigment, dont la couleur se rapproche plus du brun que du rouge désormais.

Avec une once d'hésitation, je me résous à tracer le premier trait en partant de son épaule droite. Ensuite, j'effectue des courbes qui s'articulent autour d'un point central au bas de ma première ligne, celle-ci s'échouant entre ses deux seins. J'assouplis mon tracé afin que mes nombreux arcs de cercle s'imbriquent entre eux, jusqu'à former un bloc de pétales indiscernables.

Cordélia, elle, se lance dans un dessin bien plus laborieux que le mien si j'en crois mes sensations. Mes tétons durcissent dès qu'elle effleure mon torse, preuve indubitable de l'effet qu'elle a sur moi. Mes muscles se contractent sans que je leur demande quoi que ce soit, à cause de la tension qui parcourt mon corps. Cela ne fait que trois minutes que nous avons commencé, et je suis à deux doigts de succomber à la tentation.

Contiens-toi.

— Quelle est ton inspiration ?

Son flegme m'impressionne.

Les vibrations de ses cordes vocales sont sèches, sans aucune incertitude ni cassure. Peut-être qu'il s'agit d'une stratégie pour réfréner ses désirs. Bien, discutons. C'est une excellente idée.

— Une pivoine. Elle me fait penser à toi.

— Intéressant… Développe.

Sa voix a un ton enjôleur. Elle m'aguiche sans la moindre pitié pour mes hormones en ébullition.

— Tu possèdes autant de facettes que cette fleur a de pétales. Chaque aspect de ta personnalité est relié à un autre, si bien que lorsqu'on apprend à te connaître en profondeur, on comprend que ces milliers de couches ne sont en réalité que le résultat de ce que tu as enduré. Les gens t'ont rendue allergique aux mots les plus triviaux, comme « oublier » ou « erreur ». Si j'avais su, je ne les aurais jamais employés. D'autres t'ont fait croire que tu n'étais pas « assez », que tu devais cacher tes faiblesses et ne pas en parler, parce que tu étais la dirigeante. Celle sur qui la population se reposait. Tu passais ton temps à écouter les autres, à leur sourire, alors que chaque jour tu t'enfonçais un peu plus dans la mésestime de soi. Tu as dû mentir, encore et encore, jusqu'à perdre le fil de la vérité. Tu voulais sans cesse mieux faire, mais c'était à *eux* de mieux te traiter. Ce n'est pas normal de subir des reproches infondés, de changer pour je ne sais quel idiot qui te menace de partir, ou de te rabaisser parce que des ordures veulent te faire passer pour un monstre égoïste. Ces innombrables facettes, nées dans la douleur, la peur et les critiques, font ta beauté. Tu as endossé un masque à cause du regard d'autrui. Mais moi, je te préfère sans. Ce n'est pas dur de t'aimer, Cordélia. Ce sont les autres qui n'étaient pas dignes de toi.

Son pinceau se cristallise sous mon nombril.

Sa main se suspend dans l'air, comme figée.

Je n'avais pas prévu de lui faire une déclaration. Pas dans l'immédiat, du moins. Mais elle souhaitait que j'étoffe ma pensée, alors je l'ai fait.

— C'est épatant, presque effrayant la façon dont tu m'as cernée en dépit de mon mutisme sur les détails de ma vie passée. On dirait que tu étais là, durant toutes ces années, à m'observer de loin.

— « Tes yeux sont le reflet de mon âme ». Cette phrase que tu as prononcée un jour nous représente à la perfection. Nos réactions divergent, mais nous avons été forgés dans le même minerai.

— Tes déclarations sont les plus délicates.

Ses joues rayonnent de chaleur.

Elle me fixe, la larme à l'œil.

Je m'étale rarement sur mes sentiments. Ce n'est pas naturel chez moi, mais j'ai à dessein de lui partager davantage mes pensées. Si mes mots peuvent réchauffer son cœur, alors je ferai l'effort d'être moins pudique à son égard. Une relation entre deux personnes nécessite que chacun y mette du sien. Sinon, c'est voué à l'échec.

Ravi de l'avoir émue, je soutiens son regard sans ciller, puis continue sur ma lancée :

— Parce qu'elles sont sincères.

Ses doigts tremblent.

Son calme apparent vacille.

Qui cédera en premier ?

Je perds toute contenance auprès d'elle.

Mais je ne ferai *rien* tant que je ne serai pas sûr et certain qu'elle soit prête.

— Et toi, quelle est ta muse ?

Poursuivre la discussion me semble judicieux.

Ce serait triste de laisser nos œuvres inachevées.

Je m'attelle à colorer les pétales, pendant qu'elle me détaille sa peinture avec passion.

— Un chat élégant, très gracieux. Son regard est perçant, comme le tien. Sa posture est stricte, noble. Sa queue est enroulée autour d'une petite bobine de ficelle. Il se contente de la contempler, sans dérouler son fil, de peur de ne plus pouvoir lui rendre son état originel. Ses vibrisses sont fournies, sombres. Si tu avais un chat, ce serait *lui*. Il serait ton plus fidèle ami.

Sa description me laisse bouche bée.

— J'ai toujours voulu en adopter un, mais…

— Mais Cassandre te l'interdisait.

— Il ne m'autorisait pas grand-chose.

— Qu'est-ce qui t'en empêche, à présent ?

Bonne question.

— Et si mon chat n'était pas heureux avec moi ?

— Pourquoi ne le serait-il pas ?

Bien vu.

Elle démolit chacune de mes appréhensions avec son optimisme à toute épreuve.

Ses répliques sont solaires, mais sensées.

— Les vieilles craintes sont tenaces. Bien, quand la guerre sera terminée, j'irai en chercher un.

— Je veillerai à ce que tu tiennes parole.

Elle vient de me décrocher mon premier sourire de la journée, ou plutôt de la semaine.

Les nuages gris foncé qui planaient au-dessus de nos têtes se sont dissipés, au sens littéral comme figuré.

Ce court moment, qui n'appartient qu'à nous, est suspendu dans le temps. Isolés dans un havre de paix, la bestialité de la guerre ne peut nous atteindre. Demain, la course-poursuite reprendra de plus belle et nous devrons partir d'ici. Mais nous avons encore quelques heures de répit devant nous, et je compte bien m'en délecter.

Soudain, Cordélia ralentit ses mouvements.

Un soupir s'échappe de ses lèvres.

Puis, un grognement rauque.

— Au bûcher ces maudits pinceaux !

Si la frustration avait un cri, ce serait celui-ci.

Cordélia n'attend pas une seconde pour déposer son outil au sol et imbiber ses doigts de peinture.

Dans une frénésie qui lui est propre, elle se met à palper mon torse. Elle passe à l'étape de la coloration, à sa manière. Le contact de sa peau contre la mienne me procure des frissons indomptables.

Rester concentré sur ma tâche est un supplice.

Son toucher me distrait trop. Beaucoup trop.

Je jette un coup d'œil à ma tige en bois, puis à la femme qui me tâte en long, en large et en travers.

Le choix est vite fait.

Je me débarrasse de mon pinceau avec moins de considération que Cordélia, à tel point que je ne saurais dire où il atterrit. Quelque part, entre deux buissons. Ou dans le terrier d'un lapin. Peu m'importe. Je n'en ai plus besoin. Moi, qui d'ordinaire exècre salir mes mains de quelque manière que ce soit, n'hésite pas à m'imprégner de cette peinture faite maison. Je me surprends même à aimer ça. Ma toile vivante n'y est certainement pas pour rien dans le plaisir qui électrise mes veines, bien que je ne l'aie guère touchée. Du moins, pas encore.

Avant toute chose, je lui demande si j'ai le droit. Elle me donne son aval dans la foulée.

Doucement. Contiens-toi.

La tension ne cesse de croître. J'y vais d'abord à tâtons, en effleurant sa joue, sa nuque et ses épaules. La tentation de dévorer son cou me saisit avec tant d'ardeur que je ne parviens guère à y résister. Je suçote sa peau, aspirant, mordillant et embrassant sa chair.

Des gémissements lui échappent.

Et mon contrôle s'effrite davantage.

Bientôt, il ne sera plus que poussière.

Après un dernier baiser langoureux dans le creux de sa clavicule, je me résous à décoller ma bouche.

Contiens-toi.

Le râle qu'elle pousse ne fait que confirmer mes suppositions : elle est tout aussi pressée que moi.

Plus nous tenons tête au désir charnel, plus nous serons satisfaits quand nous céderons à nos pulsions.

L'attente en vaut toujours le coup quand il s'agit de Cordélia. Toujours.

— Pas encore, *lui murmuré-je à l'oreille.*

Elle se pince la lèvre inférieure.

Ceci est une provocation.

Elle sait combien je suis faible face à *ce* geste.

— Belle tentative.

J'accompagne ma moquerie d'un chaste baiser à la commissure de ses lèvres. Son regard s'enflamme.

À force de jouer avec le feu, il va me brûler.

Mais pour *elle*, je me consume volontiers.

— Daphnis Rolzhausen, tu aimes le danger.

Je frôle son bas-ventre du revers de la main, puis déboutonne son pantalon.

— Seulement quand il porte ton nom.

Si je me suis appliqué dans la réalisation de mon dessin, je n'éprouve aucun remords à le saccager.

Les contours de la pivoine s'estompent sous une masse de fumée brune.

Sa tige s'épaissit. Ses pétales se déforment.

Mon inspiration de base n'est plus qu'un lointain souvenir, effacé par mes envies grandissantes. Je longe sa cage thoracique, glisse entre ses seins pour me perdre dans les courbes de ses hanches.

Les joues en feu, Cordélia s'amuse à pincer mes côtes et à me griffer le torse en douceur. Elle parvient à déclencher une série de spasmes musculaires aussi bien déroutants qu'appréciables.

Je sursaute littéralement sur place.

Ces convulsions involontaires me rendent encore plus fébrile que je ne l'étais déjà. Mon corps ne m'obéit plus, il réagit à *son* contact.

Nous nous déconcentrons mutuellement, jusqu'à ce que nos œuvres ne soient plus qu'un amas de couleur sans réelle forme ni structure. Ce constat nous arrache à tous les deux un rire bref qui n'entache guère notre désir l'un pour l'autre. Au contraire, ce lâcher-prise m'incite à céder à la tentation.

Contiens-toi.

Non, pas cette fois.

Je lui demande la permission du regard. Elle me répond avec un haussement de sourcils, comme pour me dire : « Qu'attends-tu ? ».

Sans plus tarder, je la tire par les cuisses.

Elle s'assied à califourchon sur moi, les cheveux tombant en désordre sur mon visage. J'écarte quelques-unes de ses mèches qui nous barrent la route, puis scelle nos lèvres dans un baiser fougueux. Je mordille sa lèvre inférieure, en sachant pertinemment à quel point cela lui plaît. Je dévore chaque petit centimètre de cette bouche ensorcelante, invitant sa langue à se joindre à la danse.

Elle accepte humblement mon invitation, tandis que ma poigne se raffermit sur ses cuisses. Peau contre peau, les traces de peinture s'entremêlent et se gâchent à la fois. Une combinaison tout simplement parfaite.

La chaleur qui se dégage de notre union est trop forte pour que nous ne soyons pas démunis face à elle.

Cordélia se détache légèrement, le souffle court :

— Embrasse-moi avec désespoir, comme si nous étions arrimés au dernier acte d'une tragédie.

Je lâche un rire nerveux.

Mon front se plisse d'incompréhension.

— Voici un guide sur « comment transformer un instant romantique en une prévision macabre en à peine deux secondes ».

De son index, elle relève mon menton.

— Ce soir, je veux *vivre dans le présent*. Est-ce si absurde de vouloir goûter à un bonheur insouciant, en dépit de la mort qui plane sans cesse autour de nous ? Je ne veux plus de regrets. Ce soir, *aucune* retenue. Sauf si tu n'en as pas envie, bien sûr.

Son souffle caresse mon nez.

Je déglutis, nullement refroidi par sa requête.

Je ne peux rien lui refuser, surtout quand elle me fixe avec ces yeux-là. *Évidemment que j'en ai envie.*

— À tes ordres. Je t'embrasserai comme si notre vie en dépendait, ce qui ne sera pas difficile étant donné le contexte dans lequel nous sommes.

Elle plaque sa bouche contre la mienne, avalant ma dernière syllabe pour l'enfouir au fond des abysses.

Une chose est sûre, nous ne retrouverons plus la légèreté de cette nuit si particulière.

Alors, avant que la réalité ne nous enlise dans un océan glacé, je m'engage à graver mes sentiments sur sa chair. Afin qu'elle n'oublie jamais combien je l'aime.

Chapitre 5

L'Aigle Noir

Il me prend pour un imbécile.

Depuis qu'il s'est enfui de mon repaire, il essaie de me faire croire que sa destination est floue.

Il emprunte bon nombre de détours, de voies non praticables et de forêts broussailleuses qui commencent sérieusement à me taper sur le système. Il prolonge son parcours dans le seul but de brouiller les pistes sur ses plans à mon encontre. Mais je connais mon frère. Je sais comment il manipule l'esprit de ses cibles.

Il veut m'emmener au *Recovery*.

Peut-être souhaite-t-il m'y enfermer.

Dangereuse initiative, mon cher Daphnis.

Sans le savoir, il me conduit précisément là où je veux me rendre. Avant même qu'il ne le réalise, j'aurais volé le pouvoir du *Recovery*. Il n'est pas le seul homme à user de fourberie pour parvenir à ses fins. J'ai arraché une mèche de ses cheveux durant notre altercation. Cet acte semble futile au premier abord. Pourtant, grâce à ce poil, j'ai son ADN. Si mon hypothèse est juste, la porte de la sphère devrait réagir au contact de ce cheveu. Et je n'aurai plus qu'à créer un canal de communication avec la foudre de la Hawken.

Ce plan comporte certains risques, puisque mon corps pourrait succomber à l'énergie de la sphère. Dans le meilleur des cas, je réussis, or je n'ai aucune garantie que cela fonctionne. Tout repose sur un « si ».

Mais avec ce « si », je serai invincible.

Les phénix ne voient pas les failles de leurs sorts car ils sont imbus d'eux-mêmes. Un vilain défaut.

Bientôt, ils s'en mordront les doigts.

Le pouvoir de l'Azuré ne suffira pas à m'arrêter, ni celui du Pourpre, d'ailleurs.

Quand le désespoir luira dans le bleu de ses iris, j'égorgerai la femme qu'il aime. Sans la moindre pitié.

Il assistera à son meurtre, de la plus cruelle et de la plus horrible des manières.

À ce moment-là, *seulement* à ce moment-là, ma vengeance sera pleinement accomplie.

Pour clore le spectacle, je le tuerai à son tour.

Père, serez-vous contrarié ?

S'il était là, il le protégerait.

Comme il l'a toujours fait.

Mon frère était *tout* pour lui.

Rien d'autre ne comptait. Pas même le monstre qui lui servait d'épouse, et encore moins le second fils.

Peu m'importe, si je m'éloigne de *ses* désirs. Où qu'il soit dans cet horizon céleste dépourvu d'étoiles, je veux qu'il m'observe. Je veux qu'il soit témoin de mon ascension. De ma victoire. Par-dessus tout, je veux qu'il regrette de m'avoir délaissé au profit du *mauvais* fils.

Je serai en paix lorsque Daphnis périra au creux de mes mains, dans la plus vile des souffrances.

« N'oublie pas notre accord. »

Les mots de la Hawken s'insinuent dans ma tête au point de me rendre migraineux. Si j'apprécie ce lien spécial que nous avons tissé, je suis moins enchanté à l'idée d'avoir une voix qui parasite mon esprit. En guise de bonne foi, je ravale néanmoins mon agacement puis caresse l'arrière de sa tête de gauche, pile entre ses deux cornes noires.

Je ne dois pas perdre sa confiance.

— Je m'occuperai des autres *après* sa chute.

D'humeur aigrie, elle lâche un cri éraillé qui me perce les tympans. Je prends cela pour une approbation.

Tes jours sont comptés, Daphnis.

Le dénouement de notre histoire aura lieu avant l'arrivée du printemps. Les premiers bourgeons, le vert qui recouvre le blanc, la hausse des températures…

La saison des fleurs a toujours été sa préférée. Je n'ai jamais compris pourquoi, puisqu'il restait au palais tout au long de la journée, sans jamais sortir admirer les plantes au moment de leur éclosion. *Étrange, non ?*

Hélas, il n'aura plus jamais cette chance.

Il mourra dans la solitude de l'hiver.

Comme l'hiver dans lequel il m'a enlisé.

Fut un temps où je l'admirais. Je l'observais dès que j'en avais l'occasion, c'est-à-dire les rares fois où il n'était pas dans les jupons de notre père. Qui n'a pas un jour rêvé d'être comme son grand frère ?

Je me souviens à peine de *l'avant*. De l'époque où nous dormions dans la même chambre et jouions aux mêmes jeux. Quand il a emménagé dans les quartiers de Père, son attitude vis-à-vis de moi a changé.

Le tir à l'arc ne m'intéressait même pas, pas plus que la guerre et les stratégies militaires, mais je me suis forcé à m'y intéresser. Pour lui. Par désir de construire une relation qu'il n'a jamais voulue. Pour essayer de le rattraper, vainement. Jour après jour, je me heurtais à un mur de glace. Il ignorait mes lettres, ne venait plus jouer avec moi et ne m'adressait même plus la parole dans les couloirs du palais. J'étais devenu invisible.

Alors, il ne me restait plus que mes livres et mes armes. Je me suis réfugié auprès d'eux, espérant que par ce biais, je retrouverais mon frère et émerveillerais mon père. Mais bien sûr, ce n'était jamais assez.

Je n'étais jamais assez.

Et Daphnis, plus que les autres, me l'a fait sentir tout au long de ma croissance. Il était censé me protéger et pourtant, il a été le premier à me tourner le dos.

À m'abandonner.

De cet amour profond que je lui vouais a émergé le brasier de ma haine.

Ma haine. Ma haine. Ma haine.

Je n'existe que pour elle.

J'ai abandonné mes tactiques, mon armée et tous les efforts que j'ai fournis ces quatorze dernières années à cause d'elle.

Ce sentiment est à la fois le pire et le meilleur de tous, mais il me prouve que je suis vivant.

Vivant.

Je serais mort s'il ne m'avait pas épargné.

Sa prétendue pitié renforce mon aversion.

Aucun de ses mots ni de ses gestes ne pourrait combler ce vide qui me caractérise.

Il doit disparaître. C'est ma seule certitude.

Ce whisky piégé était une *négligence* de ma part.

Je n'aurais pas dû baisser ma vigilance.

On scelle notre sort dès l'instant où on choisit de bouger un pion. Avant même de le toucher, les rouages du destin se mettent en marche. Pourtant, l'avenir n'est pas immuable. Rien n'est perdu d'avance. Même la plus regrettable des erreurs peut être exploitée avec une ruse imprévisible. Renverser la cadence quand son roi est en échec est la plus savoureuse des victoires, car en plus de gagner, on plonge son adversaire dans un désespoir sans fin. Il tombe de si haut que la mort est inévitable.

À nous deux, grand frère.

L'amour causera sa perte.

Et la haine causera la mienne.

Chapitre 6

Kora

Cette fosse souterraine m'a vidé de mon énergie.

Après des jours de lutte acharnée, chaque camp a besoin d'une pause. Les Hawken sont dans un piteux état, mais nous n'en menons pas large.

J'ai puisé dans mes ressources vitales pour créer cet abri et offrir à nos armées un repos bien mérité.

Une nuit devrait suffire. D'ici demain, je serai à nouveau en mesure de combattre. Cette fois-ci, ce sera différent. Nous n'avons pas choisi la bonne tactique lors de nos précédents affrontements, et j'en suis la première responsable. J'ai le dangereux réflexe de foncer dans le tas sans me soucier des stratégies de groupe préétablies.

Mon impulsivité est un fléau. Hier, si je les avais écoutés, Zéphyr ne serait pas devenu sourd. Et Ignis ne serait pas en train de boiter avec une griffure à la jambe gauche. Je n'ai pas assuré sur ce coup-ci, c'est le moins qu'on puisse dire. En tant qu'aînée, je devrais montrer l'exemple aux plus jeunes. Un bel échec jusque-là.

J'enroule mes poignets dans un bandage noir, de même pour ma poitrine. Ces bouts de tissu ne guériront pas mes blessures, mais ils m'aideront à tenir le choc le temps que mes cellules se régénèrent. J'arrache la bande qui dépasse avec mes dents. Sans jeter un coup d'œil à Lysandre, mon vice-général, je lui jette machinalement le matériel de soin à la figure. Il déguerpit avant que je ne lui en donne l'ordre. Il s'adapte vite, au moins.

Je sors mon miroir de ma poche afin de constater les dégâts. Mes mèches blanches prennent le dessus sur l'ébène. *Hum, mauvais signe.* Je fourre l'objet à sa place d'origine, puis enfile ma précieuse bague : noire comme l'onyx, aussi aveuglante que l'éclat de la lune, et surtout acérée comme la griffe de l'Ébène. Cette bague d'arme sied à merveille à l'index de ma main droite.

Un sourire rehausse le coin de mes lèvres, puis s'évanouit dans une quinte de toux épouvantable. Je me mets à cracher du sang, *encore*. Mon corps s'affaiblit de jour en jour. Mon heure arrive plus tôt que prévu.

Les effets secondaires de mon don sont en train de me tuer, mais je refuse de mourir avant d'avoir bu le sang de ces misérables Hawken.

Apprends à connaître tes limites, descendante.

C'est maintenant qu'il se réveille, l'ancêtre.

Il fallait me sermonner avant.

Tout ce que je peux faire à l'heure actuelle, c'est préserver ma fille. Lui assurer un avenir.

Et ça, je n'y manquerai pas.

— Même couverte de suie, ma reine m'éblouit !

Le grand retour d'Ignis l'enquiquineur.

Ses blagues pourries m'avaient *presque* manqué.

— C'est de la boue que tu vois sur ma robe, pas de la suie. Toi qui vis dans une forêt sauvage, tu devrais savoir faire la différence entre les deux.

J'essuie les traces de sang qui traînaient sur mes lèvres à l'aide d'un mouchoir en papier, puis pivote sur mes talons aiguilles.

— As-tu retrouvé ton fils, dans cette cohue ?

— Oui, et il n'a pas fière allure. Enfin, il respire, c'est déjà ça. Ce môme ne cessera jamais de m'en faire voir de toutes les couleurs !

Il soupire bruyamment, d'un air dramatique.

Toujours à en faire des tonnes.

— J'ignore pourquoi tu ne l'as pas déjà renvoyé.

— C'est un abruti, mais un abruti compétent.

— Tu es surtout trop tolérant. Son insolence est une plaie à soigner de toute urgence. Il n'aurait pas tenu une semaine au sein de mon armée.

— Kora.

Je le dévisage, étonnée par son ton sérieux.

C'est rare qu'il m'appelle par mon prénom.

— Quoi ? Si c'est pour me faire la morale, c'est inutile. Je suis en tort, j'ai ruiné nos chances de victoire, mais je vais réparer mes « bêtises ». Conservons le plan initial. Je m'engage à faire preuve d'esprit d'équipe. Je ne ferai plus échouer notre stratégie, tu as ma parole. Ce sera notre dernière opportunité, de toute façon.

— Sainte bière ! Ma reine qui reconnaît qu'elle a été téméraire et irréfléchie… Ça pour une surprise ! Mais que se passe-t-il, aujourd'hui ? Nous assistons à un pur miracle ! Autant réclamer au ciel une pluie de bière, au point où on en est, ça pourrait marcher.

— Demande-lui plutôt un lac. Et si tu pouvais te noyer dedans, ça m'arrangerait.

— Toujours aussi *adorable* !

Son ronronnement avec son numéro de charme à deux pièces de minren me fait grincer des dents.

Il est d'humeur à m'ennuyer, pour changer.

— J'ai mieux à faire que d'écouter tes âneries.

Je feuillette le rapport écrit que m'a apporté mon vice-général plus tôt dans la soirée. Les pertes sont déjà nombreuses. La moitié de nos effectifs est trop amochée pour relancer l'offensive. Un tiers d'entre eux a un pied dans la tombe, un quart est en décomposition, et le reste tient assez debout pour participer à la prochaine bataille. Un beau massacre, en somme.

— Ce n'est pas de *ça* dont je voulais te parler.

Encore ce ton sérieux qui ne lui va pas au teint.

— Abrège. Ça ne fait que deux minutes que tu es là, et tu me donnes déjà la migraine.

Je l'incite d'un mouvement de main à accoucher au plus vite. Dans son je-m'en-foutisme, ce casse-pieds s'affale contre la paroi, décidé à prendre *tout* son temps.

Je ne suis pas sortie de l'auberge.

— 5 ans d'âge mental. Tu joues avec mes…

— Merci, pour Aïdan. C'est grâce à toi s'il n'est pas mort. Tu sais combien je tiens à ce gosse.

Il m'a coupé la parole, manie que je hais.

Si ça avait été quelqu'un d'autre, j'aurais raclé le sol avec son visage jusqu'à ce qu'il soit défiguré.

Mais lui n'aura droit qu'à un regard sévère.

Je me ramollis aux côtés d'Ignis, ou du moins, il parvient à se glisser entre les mailles du filet. J'ignore si c'est un atout ou une malédiction, mais je n'aime pas ce sentiment qu'il fait naître en moi.

Ça me met toujours dans de beaux draps.

— Je n'ai rien fait. Remercie mes médecins.

— Je te connais par cœur, ma reine. Tu as confié mon fils à tes plus fervents guérisseurs. Pas la peine de nier, ces commères m'ont avoué que tu avais menacé de les zigouiller s'ils ne trouvaient pas un moyen de sauver mon fils. Tu t'es conduite comme une mère à son égard, alors que son sort te laisse parfaitement de marbre. Par toutes les graines de malt qui embellissent ce continent, reconnais-le : au fond, tu m'aimes bien !

— Je t'ai donné *vingt ans* de ma vie, le message n'était-il pas assez clair ?

Et voilà qu'il me force à réitérer ma déclaration.

Cet imbécile me fait sortir de mes gonds.

Je commence à perdre mon sang-froid.

Déjà que j'en ai très peu, mon quota de patience descend à zéro à la vitesse de l'éclair quand je suis en sa compagnie.

— Je crois que t'as fait une petite erreur dans tes calculs. Il devrait te rester une décennie à vivre, mais vu l'état dans lequel tu es, j'émets quelques doutes.

— Qu'est-ce que tu insinues ?

— Le papier froissé dans ta main gauche, tu vas me dire que c'est de la peinture rouge dessus ? Je t'ai vu cracher du sang, ta santé s'aggrave bien plus vite qu'elle ne le devrait. Tu n'es pas immortelle, ma reine, il serait temps que tu te mettes ça dans le crâne.

— C'est une passion chez toi de t'appesantir sur des choses futiles ? Nous sommes en guerre, le moment est mal choisi pour penser à « sa santé ». Je remplacerai le sang que je perds par celui des Hawken.

Il plisse le front, dubitatif.

Par toutes les panthères, que lui arrive-t-il ?

Entre son humour salace et sa mine soucieuse, je ne sais pas ce qui est mieux. Ça revient à choisir entre la faim et la soif. Un choix qu'on n'a pas envie de faire.

— Je m'inquiète pour toi.

Tiens, elle est bonne celle-là.

— Je ne suis pas une de tes brebis égarées. Si tu veux jouer au « protecteur », change de cible.

— Sainte bière ! Elle va me rendre fou.

Il est près de s'arracher le peu de cheveux qu'il a sur son crâne. Il vaut mieux pour lui qu'il le fasse avant que je ne m'en charge moi-même.

— Va te plaindre ailleurs.

Ma voix est plus lasse qu'autoritaire.

Toute envie de poursuivre ce débat m'a quittée.

Ignis ne cesse de bouger tel un lion en cage. Son incapacité à rester en place me donne le tournis.

— Ô mes ancêtres ! Éclairez son chemin, aidez-moi à lui faire entendre raison !

Il se met à genoux, les doigts entrelacés.

Il y a de l'investissement dans ses idioties, il faut le reconnaître. Je m'efforce de l'ignorer, mais l'envie de de sectionner ses cordes vocales est de plus en plus forte — pour ne pas dire viscérale.

— Je m'engage à ne remplir ma flasque que six fois par jour au lieu de douze. Un immense sacrifice, les étoiles en sont témoins !

Je ne l'écoute plus que d'une oreille distraite.

Quand il part dans ses inepties, il est impossible de l'arrêter. Alors autant le laisser divaguer.

Je verse un fond de whisky dans un verre afin de m'occuper le temps qu'il clôture son spectacle.

Il finira par s'épuiser, à force.

— Écoutez les prières du dieu de la débauche au charme ravagé par une odieuse calvitie — traumatisme dont il peine à se remettre d'ailleurs, même si les années s'enchaînent. Comment pourrais-je survivre à une autre tragédie ? Ô ciel, protégez ma reine !

Inspire. Ne l'égorge pas. Expire.

Je bois mon whisky cul sec et me ressers dans la foulée. L'alcool calme mes envies meurtrières.

— Elle n'est pas la femme la plus gentille, ni la plus attentionnée, encore moins la plus intelligente…

Je balance mon verre vide à travers la grotte. Le cristal s'échoue contre un mur de pierre après l'esquive de ma cible, puis atterrit sur le sol en fragments épars.

Ce geste est un avertissement.

Un avertissement qu'il ne prend pas au sérieux.

Cet abruti est suicidaire.

— Elle s'amuse à essayer de me tuer de temps à autre, tout particulièrement lorsqu'elle est flattée. Drôle, n'est-ce pas ? Et puis, ses yeux ! Si perçants qu'ils vous clouent littéralement sur place. Son sourire sadique, lui, me fait parfois peur, mais il a presque un aspect mignon dans l'obscurité, quand nous sommes en train de…

Je m'empare de la carafe, avale son contenu et la jette sur Ignis sans mesurer la force de mon lancer.

Une nouvelle fois, il évite l'objet volant.

— Je pourrais me noyer dans le doré de ses iris, m'étouffer lors d'un délectable cunnilingus, m'évanouir sous ses coups de langue remarquables…

Dans un élan de rage, j'envoie valser tout ce qui me tombe sous la main. Dagues, bijoux, shurikens.

Même les minéraux y passent.

Ne va-t-il donc jamais se taire ?

Le voir intact après toutes mes tentatives ne fait que décupler ma fureur — et mon désir.

— Si je pouvais, je dévorerais ses lèvres matin, midi, soir. Celles du haut ou celles du bas, dans les deux cas, je me régale ! Mais ce qui me pousse à implorer le ciel est le désespoir qui me submerge en cet instant, car moi, pauvre inconscient, suis tombé amoureux de cette femme aussi séduisante que dangereuse. Ô mes tendres ancêtres, prenez le reste de mes cheveux en offrande et sauvez ma reine de son tragique destin !

Le whisky me monte à la tête.

C'est à cause de ces shots que je n'ai pas encore tué ce beau parleur. *Toujours la faute à l'alcool.*

— Va-t'en.

Je m'assieds sur la table rocheuse afin de ne pas tituber comme une ivrogne.

Il ne manquerait plus que ça.

Une main posée sur mon front, je soupire.

Boire n'était pas une bonne idée. Je regrette déjà ce que je m'apprête à dire :

— Je suis mourante. Notre relation n'aura aucun avenir. Je vis probablement ma dernière nuit sur terre, et je n'ai pas envie de laisser des gens derrière moi. En ce qui concerne ma fille, elle s'en remettra. Ma mort est un pas à franchir pour qu'elle devienne la nouvelle cheffe. J'aurais voulu lui enseigner davantage, la voir grandir et devenir une femme. Mais c'est trop tard, maintenant. Ça ira, elle est forte. Quant à toi, enterre tes sentiments. Tu trouveras quelqu'un d'autre. Ta prochaine conquête sera fade comparée à moi, mais elle sera *vivante*, au moins.

Toute trace d'amusement déserte son visage.

Je me demande une seconde si je ne suis pas en proie à une sorte d'hallucination, mais puisque l'illusion persiste, ça ne peut pas être une invention de mon esprit.

Qu'est-ce qu'il nous fait, le picoleur ?

On dirait presque qu'il veut m'intimider, mais ce genre d'expression ne lui va pas.

La minute qui suit, il part dans un fou rire amer. Je n'ai pas fini de l'entendre chouiner, celui-là.

— Trouver quelqu'un d'autre ? T'es la première femme avec laquelle j'ai envie de me poser, et tu veux que je tire un trait sur toi ? La bonne blague ! Je préfère encore me couper la queue !

— Elle ne tiendrait pas un jour sans une activité sexuelle, accompagnée ou non. Alors si tu comptes faire une « grève du sexe » après ma mort, tu ferais mieux de la couper, oui. Connaissant ton penchant pour la luxure, tu vas t'infliger une sacrée torture. Dire que je vais rater ça ! J'en suis presque chagrinée.

— Kora.

— Non. Pas de « Kora » qui tienne. Lâche-moi la grappe. Je vais mourir, et alors ? Pas besoin d'en faire une affaire d'État. Ainsi va la vie, accepte-le.

— La femme que j'aime va mourir parce qu'elle m'a offert ses dernières années, mais « pas besoin d'en faire une affaire d'État » ? Tu veux que je danse en slip avec un verre de champagne dans une main et un sifflet dans l'autre pour fêter ça, peut-être ?

— Eh bien, oui, pourquoi pas ?

Il ose me fusiller du regard.

À force de contracter la mâchoire, il va finir par avoir une crampe. Comme si se mettre en rogne contre le monde entier allait changer quoi que ce soit aux faits. J'ai accepté mon sort, il devrait en faire autant. Ce n'est pas une tragédie. Ma foi, j'ai bien vécu.

— Entre nous, je préfère quand tu fais l'idiot.

Il ne réplique pas.

Ça y est, il est à court d'âneries.

Même notre boute-en-train attitré a ses limites.

— J'ai mal au dos, fais-moi une place.

J'exprime un refus catégorique.

Bien sûr, il m'ignore.

Il me force à me décaler afin de s'asseoir sur *ma* table — qui n'en est pas vraiment une, d'ailleurs.

Inspire. Ne l'étrangle pas. Expire.

— Tes prétextes pour te rapprocher de moi sont de plus en plus ridicules. Il n'y a même pas de dossier.

Il cale son dos contre mon épaule par volonté de me contredire. *Quelle plaie !*

Peu envieuse de me le coltiner plus longtemps, il ne me faut qu'une seconde pour libérer mon épaule. Cet imbécile en profite pour se laisser basculer vers l'arrière et atterrir sur mes genoux. Malin, le bougre.

— Tu m'empoisonnes la vie.

— Et toi, tu enflammes mon cœur.

— Sans vouloir te vexer, Mirabelle est bien plus facile à vivre. Et pourtant, c'est une enfant.

— Tu es une piètre menteuse, ma reine ! Ton but *était* de me vexer, mais ce genre de choses ne m'atteint pas. Je n'ai aucun amour-propre.

Avec un culot sans nom, il prend ses aises en se servant de moi comme coussin. Les mains croisées sur son torse, il ferme les yeux en mimant un « bonne nuit » sur ses lèvres. Convaincu d'être un bon acteur, il se met à ronfler. *Qu'est-ce qui me plaît chez lui, au juste ?*

— Tu ne dormiras pas ici, Ignis.

— Ah oui ? Pourquoi pas ?

Il crache ces mots sur un ton venimeux.

Hum, je vois. Il est toujours énervé.

— Quand vas-tu m'octroyer la paix ? Que veux-tu que je te dise ?

— Que tu vas te battre pour survivre ! La reine sanguinaire qui s'agenouille devant la mort ? N'importe quoi. Tu bois le sang des guerriers, tu brises des nuques à mains nues, mais tu t'inclines à cause d'un satané don ? Ça ne te ressemble pas de t'avouer vaincue. Pourquoi abandonnes-tu aussi facilement ? Nom d'une bière mal brassée, je ne te comprends pas !

— Je peux me battre contre une armée entière, si nécessaire. Je peux même saccager ce continent, mais je ne peux pas combattre mon propre corps, Ignis.

— Et tu me demandes de l'accepter ?

— Je ne te demande rien. Ni toi, ni moi n'avons le choix. Tu seras bien obligé de te résigner tôt ou tard.

— Sacrebière ! Tu aurais dû me laisser périr.

Je l'attrape par le col de sa chemise à la couleur « crotte-rouille », puis le soulève. Nos fronts se heurtent dans un fracas. Ignis grimace de « douleur », davantage pour réveiller ma compassion que par réelle souffrance. *Raté, mon cœur est calciné.*

— Recrache ça, *susurré-je entre mes dents.*

À une si courte distance, ses yeux de chat sont le pire des charmes. Il ne se gêne pas pour en rajouter une couche avec son sourire en coin détestable.

Inspire. Ne l'éventre pas. Expire.

— Tu sais, je connais une méthode plus agréable pour mélanger nos salives.

— Je ne plaisante pas.

— Moi non plus.

Je grommelle, agacée.

— L'as-tu fait exprès ? De me provoquer ?

— Non, je le pensais. Mais si je peux tourner la situation à mon avantage, je ne vais pas m'en priver !

— Incorrigible.

— Charmant.

— Insupportable.

— Séduisant !

— Oh, tais-toi.

— Il n'y a qu'une seule façon de me faire taire.

Je mordille ma lèvre inférieure jusqu'au sang. Il me ravage de l'intérieur, mais on dirait que ça me plaît, sinon je ne serais pas en train de l'embrasser. Il me rend mon baiser, à croire qu'il n'attendait que ça. Nous nous mangeons les lèvres comme deux affamés en manque.

Dans une poussée d'adrénaline, je déboutonne le col de ma robe en cuir. J'ai à peine le temps de détacher le troisième bouton qu'il s'éloigne d'un bond.

— Non. Pas ce soir.

— Pardon ?

— Tu m'as bien compris : pas de sexe. Je veux seulement t'embrasser et te serrer dans mes bras.

— Depuis quand es-tu fleur bleue ?

Il passe un bras derrière ma nuque pour m'attirer à lui. Et dans une atmosphère des plus étranges, on reste collés l'un contre l'autre. On appelle ça un « câlin » à ce qu'il paraît. C'est perturbant, mais pas si pénible.

— Si on couche ensemble, la nuit va s'effiler en un éclair, encore plus rapidement qu'un slip en tricot.

— Ce n'est pas ta meilleure métaphore, mais j'ai saisi l'idée. Très bien, comme tu voudras.

J'enroule mes bras autour de son torse. Un geste tendre de ma part, c'est rare. Extrêmement rare.

— Mon amour pour toi ne s'estompera pas aussi facilement. Il ne s'estompera pas tout court.

Le whisky coule dans mes veines, polluant mon sang et mon cerveau. Je n'ai plus les idées claires. Ou peut-être qu'au contraire, elles ne l'ont jamais été autant qu'à cet instant.

— Est-ce que tu regrettes ?

— De m'être amouraché de toi ?

— Entre autres.

— Jamais !

Aucune hésitation ni bégaiement.

Il n'a même pas pris le temps de réfléchir avant de me répondre. Comme si c'était une évidence.

Il est parvenu à me faire sourire, le saligaud.

— Notre relation va faner avant même de fleurir, admets tout de même que c'est tristement drôle.

— Mais c'est qu'elle a une âme de poète !

— Quelle horreur ! Tu déteins sur moi.

— Si tu continues de me flatter, « popol » risque de s'émoustiller.

— « Pas de sexe », tu te souviens ?

— Je ne comptais pas revenir sur ma parole.

— Tant mieux.

— Est-ce du dépit que je perçois dans ta voix ?

— Non.

— Tu ne sais toujours pas mentir, ma reine.

— Et toi, tu ne sais toujours pas te taire.

Contre toute attente, il se plie à ma volonté.

Un doux silence s'installe.

Mes oreilles en sont ravies.

Du moins, j'essaie de m'en persuader. Le calme n'est jamais bon signe avec Ignis, car il expose soit des non-dits, soit une tempête à venir.

Je ne suis pas naïve. Ses caresses ne sont là que pour noyer le poisson. Si la tension s'envole, les doutes demeurent. Et j'ai besoin de m'assurer d'une chose :

— J'espère que tu ne parlais pas dans le vent.

— Je suis bavard comme une pie, donc pour que je sache à quoi tu fais référence, il faudrait préciser.

— Je vois que tu as la mémoire courte.

— Comme ma… Sainte bière, ça ne marche pas ! Soyons honnêtes, tu n'es pas une experte en énigmes et tu es même souvent à la ramasse, alors je te trouve bien *audacieuse* de jouer les mystérieuses. Par bonté, je me répète : on est censé saisir ce à quoi tu fais allusion pour pouvoir ensuite te répondre. Conclusion : développe.

Ma bague griffe s'enfonce dans son veston et le transperce jusqu'à franchir la barrière de sa peau. Ignis lâche un « aïe » très aigu au passage.

Il sait qu'il ne faut *jamais* me provoquer si je me trouve à proximité, mais une piqûre de rappel ne lui fera pas de mal. Peut-être cessera-t-il enfin de faire le malin.

— Pardon, je ne recommencerai pas.

— Puisqu'il faut *tout* t'expliquer, je mentionnais le moment où tu clamais haut et fort que ton amour pour moi n'allait pas s'évaporer en une nuit. Bref, assume tes dires et ne m'oublie pas.

Il se met à rire à gorge déployée. Je suis presque sûre qu'il a craché dans mes cheveux par inadvertance.

— Comme si c'était possible !

Je n'en attendais pas moins de lui.

Ma requête est égoïste, mais je n'en ai cure.

Accepter ma mort n'est pas aussi facile que je le prétends. Si je dois faire mes adieux à cette terre, autant me noyer dans *leur* sang et m'ensevelir sous *ses* larmes.

Chapitre 7

Cordélia

Je ne cherche pas à contrôler le don des phénix. Mon objectif est tout autre. Il est temps de rendre ce qui ne m'appartient pas. Ce pouvoir est trop grand pour une seule personne. Il me saccage à petit feu. Plus les jours passent, plus une certitude s'ancre en moi : le *Recovery* n'a pas guéri mes maux, il les a atténués.

Le Pourpre m'a confié que le sort qu'il avait jeté était réversible. Hélas, il ne saurait le relancer en raison de son affaiblissement. Si le sceau a été brisé et que ses pouvoirs ont été libérés, sa puissance d'antan demeure à jamais oubliée.

Mais il y a peut-être un autre moyen.

Nous sommes les créateurs du *Recovery,* et nous l'avons scellé grâce à un pacte de sang. En utilisant mon sang comme catalyseur, je pourrai puiser dans sa magie pour lancer le sortilège du Pourpre et défaire tout ce qui a été fait, y compris le *Recovery* lui-même. Quant à mon corps, il servira de canal. Là est le nœud du problème, il faudra que je lutte tout au long du processus pour ne pas être entièrement consumée par la magie.

Mes entraînements quotidiens n'aspirent qu'à un but : renforcer mon système immunitaire afin d'éviter le déchirement de mes tissus organiques.

Je n'aurai droit qu'à un seul essai.

Je pars cependant avec un précieux avantage, car je dispose d'une capacité de régénération hors-norme.

Cet atout est ma seule chance de survie. Depuis des jours, je cultive mes attaques offensives et les dirige contre moi-même, repoussant plus loin mes limites.

Quand j'ai commencé à m'exercer, j'accumulais les ecchymoses, les hématomes et les malaises vagaux. Ma peau était recouverte de contusions en tout genre. Bien sûr, je cachais mes blessures sous mon uniforme et ma cape. Daphnis n'a rien remarqué. Il respectait mon désir de solitude, et je lui en suis reconnaissante.

Mon enveloppe corporelle s'est fortifiée au point de guérir en seulement deux ou trois heures. Ainsi, mes entailles avaient déjà toutes disparu au moment où nous avons passé la nuit ensemble.

J'ai eu une chance monstrueuse, car je ne saurais lui révéler la source de mes efforts, même si j'ai réfléchi à différents cas de figure dans lesquels je me torture à imaginer sa réaction. D'abord, il se ferait du souci pour moi. Il me demanderait si je vais bien, si j'ai mal. Puis, il chercherait à *savoir*.

Je serais alors contrainte de lui mentir.

Car il m'empêcherait de poursuivre ce projet.

Par amour.

Oui, je lui mentirais.

Sauf qu'il n'avale jamais mes mensonges.

Quoi que je dise, il aura des soupçons.

Mais je n'ai plus besoin de m'en préoccuper, car tout s'est déroulé sans accroc.

Si mon plan fonctionne, les oiseaux légendaires auront la force nécessaire pour mettre fin à cette guerre. Ils ne commettront plus les mêmes erreurs. Je leur fais confiance. De mon côté, je me *dois* de survivre.

Nous nous trouvons à l'heure actuelle sur la rive gauche du lac gelé. Il s'agit de notre dernier campement avant d'arriver à destination. Il me reste alors deux jours d'entraînement intensif. C'est peu. Trop peu.

Dès que nous nous posons quelque part, Daphnis patrouille afin de s'assurer que le *chasseur* ne se trouve point dans les parages. Nous devons toujours garder une longueur d'avance sur lui. J'ai donc le champ libre pour le reste de l'après-midi. En soi, l'occasion parfaite pour poursuivre l'effort.

L'aura du Pourpre m'enveloppe.

Les paumes ouvertes vers le sol, j'attire comme un aimant la matière granulaire. Elle virevolte autour de mes chevilles, embrasse mes hanches, épouse mes bras.

Jusqu'à m'engloutir.

J'effectue un rapide mouvement circulaire de la main droite, et le sable se déchaîne. Aussi violent qu'un coup de tonnerre, aussi titanesque qu'un chêne, il prend la forme d'une tornade. Assez haute et impétueuse pour forger mon anatomie sans avertir Daphnis du spectacle qui se déroule à trois kilomètres de là où il fait sa ronde.

Prisonnière de mon tourbillon, j'ancre mes pieds au sol et tâche de rester la plus stable possible.

Mes mèches s'emmêlent. Mes yeux me piquent. Mon équilibre vacille légèrement. C'est l'échauffement. J'augmente la vitesse du courant au fur et à mesure. Les grains essaient de s'infiltrer entre mes lèvres, sans réel succès. Jusqu'à maintenant, je ne m'étais jamais risquée à former une colonne d'air plus haute et virulente, mais je dois me surpasser.

Dans une poussée d'adrénaline, j'insuffle à mon sort une nouvelle vague d'énergie.

La vitesse du vent est si élevée que les premiers arbres aux alentours se mettent à trembler. J'avance au centre de ma création, les bras ballants, tandis que mes chevilles entrent en surchauffe.

Et la tornade m'aspire toute entière.

Mes bottines se détachent du sol. Les champs de roseaux enneigés et la lisière de la forêt sont désormais voilés par ma tempête de sable. Emportée dans les airs, mon corps encaisse le choc de plein fouet. Des lamelles de peau se dissocient de ma chair. Je suis ballottée d'un côté à l'autre, telle une marionnette en ficelle.

Ce n'est plus des vertiges que je ressens, mais de la nausée. Tantôt à l'endroit, tantôt à l'envers, mon sang déserte mon cerveau. Une demi-seconde avant de perdre connaissance, j'éteins mes pouvoirs d'un vif geste de la main. Les particules beiges retrouvent un état d'inertie total, à croire qu'il ne s'est rien passé. C'en est glaçant.

De nouveau soumise à la gravité, j'atterris sur la surface de givre en catastrophe. La glace se fissure sous l'impact mais ne se brise pas, par miracle. Ma peau est lacérée de toutes parts. Mes vêtements sont déchirés, en lambeaux. Mes poumons sont compressés. Ma gorge est desséchée. Anesthésiée par la douleur et le froid polaire, les larmes s'évaporent avant même de quitter le seuil de mes globes oculaires. Mon corps est comme… *paralysé.*

Je reste allongée sur le lac, incapable d'esquisser le moindre mouvement.

Les paupières closes, j'attends.

Si l'ennui me pèse, ma guérison reste rapide, ce qui m'impressionne à chaque fois.

Mes os cassés se recollent entre eux. Ma peau se reconstitue. Mes entailles se referment. Mes hématomes s'estompent. Ce constat est encourageant, mais ce n'est pas suffisant. Je n'ai tenu que vingt secondes.

Il me faut une heure complète pour me rétablir et retrouver un état physique normal. Au vu des dégâts, je me résous à enfiler un autre uniforme avant le retour de Daphnis. J'ai, dans mon sac, trois ou quatre exemplaires de cette tenue. Ni une ni deux, je me déshabille et opte pour une douche rapide. Ruisselante de sueur, j'utilise un peu de notre eau potable et me frotte avec du savon, histoire d'atténuer l'effluve qui émane de mes aisselles. J'enchaîne avec une série d'étirements, indispensables pour parer aux courbatures du lendemain.

Une fois propre et vêtue, je médite. L'harmonie de nos six âmes dépend de mon assiduité à exécuter ce petit rituel. Alors, je plonge dans mon esprit, oubliant le temps d'une expiration l'horreur de ma décision.

***

Daphnis ne m'a posé aucune question.

Dès son retour, il s'est hydraté, désaltéré, puis il est reparti vagabonder dans la forêt.

Je ne l'ai revu qu'à la tombée de la nuit.

Pour le dîner, il a chassé un lapin, tiré une flèche en pleine tête et fait rôtir ses cuisses au feu de bois.

Dans un silence apaisant, nous nous délectons de cette viande fraîche avec des baies. Sel, poivre et basilic ont été ajoutés au gibier. J'ai toujours droit à des plats bien assaisonnés et copieux aux côtés de Daphnis, mais je n'aurais jamais pu goûter à sa cuisine si nous n'étions pas ici, perdus au cœur de la nature.

Ce soir, c'est moi qui engage la discussion :

— Alors, qu'en est-il de l'Aigle Noir ?

— Il ne fera rien aujourd'hui.

— Comment peux-tu en être aussi sûr ?

— C'est mon frère. Je ne connais pas ses plans, mais il attendra que je mette en place les miens. Je n'ai aucun doute là-dessus. Pour ajouter un effet dramatique, il n'agira qu'au *dernier* moment. Disons que Hyacinthe est attaché au sens du spectacle.

— Il a peut-être changé, en quinze ans.

— Pas sur ce point.

— Je respecte ton choix, mais pourquoi ne l'as-tu pas tué au « Campement Nébuleux » ?

— J'avais une dette envers lui. Désormais, nous sommes quittes. Les compteurs sont remis à zéro.

— Malgré tout, il reste ton frère.

— Mon frère est mort.

Son ton est sans appel. Il articule chaque mot de sa phrase avec une conviction à me faire pâlir.

Dans un monde plus pur, éliminer une personne qui partage notre chair et notre sang serait inconcevable. La guerre a normalisé les péchés les plus monstrueux. Je n'aimerais pas être à sa place, et pourtant, quelques semaines auparavant, je me trouvais dans cette même position. Comment puis-je oublier le jour où mes mains ont transpercé Nathaniel ? Parfois, j'ai l'impression que tout s'est déroulé hier tant les images sont *nettes* dans ma mémoire. Au fil des jours, la colère s'est tassée et la tristesse s'est atténuée. Le temps a le don d'amoindrir le poids de nos maux, mais les souvenirs de nos échanges me hantent encore. Ce qui me manque le plus, c'est sa manie d'ébouriffer mes cheveux sans le moindre respect pour le travail d'Éléonore. Une fois, sous l'influence de la colère, elle l'a même pourchassé à travers les couloirs du palais d'Azura avec un plumeau. Un instant à graver dans le marbre. C'était mémorable.

Éléonore.

Elle me manque aussi.

Tout comme ma sœur, Lana.

Je n'ai pas eu de nouvelles depuis que j'ai suivi Daphnis dans cette folle quête. Ils étaient sur le champ de bataille, le moment était mal choisi pour discuter. En revanche, Ignis m'a avertie il y a deux heures que Kora avait créé un abri temporaire et rudimentaire afin qu'ils puissent se reposer avant de reprendre les hostilités. Il ne s'est pas étalé sur le sujet. Étrange de sa part, car il a l'habitude d'être plus loquace, ou du moins de détendre l'atmosphère avec ses blagues douteuses. Même Ignis a du mal à rire en période de guerre, il faut croire. Quant à Kora et Zéphyr, ils ignorent chacune de mes tentatives de communication. J'ai jugé bon de ne pas « forcer » la connexion psychique, car j'aurais envenimé les choses. Si nous survivons tous à cette guerre, ce sera difficile de réparer le fil de notre amitié. Il faudra qu'on s'inspire de notre grand séducteur pour que l'Ébène et l'Opalin nous pardonnent. J'ignore ce qu'ils pensent de tout cela à vrai dire. L'Écarlate, lui, semble ouvert à la conversation.

Ils sont dans un « cessez-le-feu », mais cet arrêt ne durera pas éternellement. Si je souhaite obtenir des informations, c'est maintenant ou jamais.

Pitié, faites que mes amis se portent bien.

— Je vais contacter Ignis. Aimerais-tu participer à l'appel ?

— Il ne vaut mieux pas. Si je dois leur présenter des excuses, je préfère encore le faire en face.

— C'est tout à ton honneur. As-tu un message à transmettre à quelqu'un ?

— À Hélios. Dis-lui que je lui fais confiance. Il le sait déjà, mais c'est le genre de phrase qui nous aide à tenir en temps de guerre. À Ignis, dis-lui d'essayer de ne pas se brûler avec son propre feu.

— Ce sera fait.

Je me lève d'un bond, puis époussète ma cape et mon manteau. La neige se colle à mes gants au lieu de tomber à mes pieds. Je suis trop épuisée pour combattre la sournoiserie d'une eau congelée, alors j'abandonne.

— Merci pour le repas. C'était excellent, comme toujours.

On dirait que ces mots, pourtant ordinaires, sont plus précieux qu'une pile de lingots d'or à ses yeux.

Il sourit de toutes ses dents.

D'une joie pure et sincère.

Qui me comprime la poitrine.

Il a une confiance aveugle en moi.

Alors que je lui cache mes intentions.

Quand vais-je donc apprendre de mes erreurs ?

Daphnis est le plus compréhensif des hommes.

Il me l'a prouvé à maintes reprises.

De quoi ai-je peur ?

Si la mort me cueille dans les jours à venir, je ne veux pas que notre relation s'achève dans les non-dits et la traîtrise. Il n'approuvera pas mon plan, mais j'aime à croire qu'il respectera mon choix. Rien ne garantit que je ne survivrai pas. Tout peut arriver.

À sa place, qu'aurais-je fait ?

J'aurais tenté de l'en dissuader.

C'est sans doute ce qui m'effraie.

Il pourrait me convaincre de rester en retrait.

Puisqu'il est à la fois ma plus grande force et ma plus douloureuse faiblesse.

Néanmoins, je vais prendre ce risque.

Se murer dans le mensonge dès que la peur nous serre la gorge est un réflexe exécrable. J'en ai fait assez usage. Je ne veux pas partir en ayant abusé de la foi que Daphnis me porte. C'est regrettable d'avoir une prise de conscience la veille de l'évènement, mais il n'est jamais trop tard pour être honnête. Du moins, je l'espère.

Après cet appel, j'aurai une discussion avec lui.

Je n'ai plus qu'à croiser les doigts pour que son amour surpasse son besoin de me protéger. Même si ces deux sentiments sont indubitablement liés.

Chapitre 8

Ignis

J'ai trois passions dans la vie.

Kora, la bière et les ragots.

Dans cet ordre précis.

Cordélia a contacté la bonne personne pour cette mission de la plus *haute* importance. Bien sûr, je jouerai avec les mots pour rendre les échanges palpitants. Il faut bien que je m'amuse un peu, à défaut de faire payer mes honoraires. *Mon temps est pré-cieux !*

Les couloirs souterrains grouillent de monde. Je manque d'écraser les orteils des uns et de trébucher sur la jambe tendue des autres. Ils ont tous le moral dans les chaussettes. *Sacrée ambiance, dis donc !*

En tant que meilleur farceur du siècle, je me dois d'offrir mes blagues les plus raffinées aux guerriers.

Généreux, en plus d'être drôle.

Tant de qualités en un seul homme.

Pardon, je m'égare.

Première cible repérée à trois mètres, affalée sur un rocher pointu qui prolonge la paroi. J'ai mal pour lui, pauvre fessier ! Si c'était moi, tout le tunnel aurait déjà entendu mes plaintes. Ce soldat impose le respect, mais sa mine atterrée me déprime.

Comptez sur moi pour lui décrocher un sourire.

N'ayant plus qu'un bras, ma vanne est déjà toute trouvée :

— Heureusement que tu n'as pas perdu ta main droite, camarade !

Ma réplique n'enchante guère le concerné. Il me lance sa botte crottée à la tronche. Pourtant, je suis sûr qu'il n'est pas gaucher ! On le voit rien qu'à sa façon de panser ses plaies. Il peut encore caresser « popol » pour décompresser, une *chance* que certains n'ont plus !

Tonton Ignis qui fait chou blanc, vous y croyez ?

Il est coincé des narines, ma parole !

Un tel manque d'humour mériterait une torture à la bière, mais il ne fait pas partie de mon armée, alors je laisse courir pour cette fois. J'ai du malt à brasser, moi ! En d'autres termes, des choses à faire, comme retrouver Lana et son amante. Malgré la description *trop* précise de ma fleuriste adorée, ça va durer des plombes ce petit service non rémunéré. J'aurai besoin d'un guide ou d'un manuel pour me repérer dans cette grotte aux dix-mille couloirs imbriqués et aux culs-de-sac à n'en plus finir. Ma reine devait être au bout du rouleau pour créer un tunnel aussi décousu.

D'ailleurs, j'aurais préféré passer la nuit allongé sur ses genoux plutôt que de vagabonder au sein d'une foule qui empeste la sueur, le sang et la boue séchée.

Cordélia me devra une fière chandelle !

Après bon nombre de bousculades, de boutades ratées et de demi-tours, je tombe enfin sur *elles*. Bingo !

Vêtues d'une armure lapis-lazuli, elles sortent du lot grâce à deux légers détails : l'une porte un voile noir qui recouvre sa bouche, tandis que l'autre possède plus de bijoux que de doigts. En bonus, le câlin *interminable* auquel j'assiste confirme mes suppositions. Elles ne me remarquent même pas, à croire que je suis invisible.

Ma foi, le doute n'est plus permis.

— Bien le bonsoir, charmantes demoiselles ! Je me présente : Tonton Ignis, dieu de la débauche à temps plein et clown de guerre à de rares occasions. Mes titres sont aussi longs que ma…

— Nous savons qui vous êtes.

Cheveux de jais, yeux de diamant, guerrière qui va droit au but avec un ton neutre à vomir…

Elle, c'est Lana Peyrebrune.

« Comment vont-elles ? »

Je n'ai même pas le temps de souffler qu'elle me pose déjà des questions. Je ne suis plus tout jeune, moi, mes lombaires sont en papier mâché.

« Oh, ça dépend, mon poussin. Combien de bras avaient-elles quand tu les as rencontrées ? »

Elle lâche un cri strident qui perfore mon crâne. Note à moi-même : jeter mon humour noir à la poubelle quand je m'adresse à Cordélia.

« On desserre le corset ! Je rigolais ! Elles ont toujours deux bras, deux jambes et pas un os de cassé. »

Un soupir de soulagement retentit de l'autre côté de la connexion. Il lui faut si peu pour paniquer. Elle est plus tendue que ma queue lorsque je suis en compagnie de ma reine, pouvez-vous seulement l'imaginer ?

— Aujourd'hui, à titre exceptionnel, j'endosse le rôle de messager. Je suis actuellement en ligne avec ma douce fleuriste. Vous savez, la femme de Glaçon. Donc si vous avez quelque chose à lui dire, c'est le moment.

Les deux soldates froncent les sourcils. La petite a plus de facilité avec les surnoms et comprend vite que je parle de Cordélia. Elle tape dans ses mains comme un gosse avant de déballer son cadeau d'anniversaire.

— Mademoiselle Cordélia est en vie ! Juste ciel, merci ! Nous étions si inquiètes pour elle et le général d'Azura. Les gens racontent qu'elle l'a suivi par amour dans une course-poursuite qui implique le cadet disparu de la famille Rolzhausen. Figurez-vous qu'il se cachait sous le masque de l'Aigle Noir, le chef de la rébellion ! Je me faisais du souci pour nos tourtereaux… Dites-nous tout ! Comment vont-ils ? Ont-ils gagné ? L'Aigle Noir est-il mort ? J'espère qu'ils ont allumé un feu de joie et qu'ils ont grillé ses organes avec des guimauves !

Cheveux bruns, iris émeraude, nouvelle recrue à la voix aiguë et enjouée… Éléonore Rozier.

Je sens qu'on va bien s'entendre !

— Nos amants favoris sont en un seul morceau. Pas de môme à l'horizon, ils se protègent bien comme il faut, mais je peux vous assurer qu'ils sont plus fatigués par leurs ébats que par leur « combat » contre l'ennemi.

« Mensonge ! On ne l'a fait qu'une fois ! »

Apprenez du maître, les enfants. Voilà comment on obtient des informations croustillantes sans se fouler la cheville. Avouez-le, vous êtes impressionnés.

« Bande de coquins ! Vous vous amusez pendant que nous risquons nos vies sur le champ de bataille ! »

Honte et culpabilité émanent d'elle. J'ai accepté de communiquer, pas de ressentir ses émotions.

Je n'ai pas signé pour ça.

De pire en pire cette discussion.

L'humour est mon unique remède.

Sans mes blagues à deux pièces de flanor, je suis supposé alléger ma peine avec quoi, au juste ?

Même ma bière blonde me paraît fade.

Ma flasque est remplie depuis trois heures, pour vous dire à quel point je suis ravagé !

Un jour, j'écrirai un livre sur le second degré et je l'offrirai à Cordélia Deurvillier.

« Contrairement à Zéphyr et ma reine, que vous soyez ici ou à l'autre bout de la terre, je m'en tamponne le coquillard. On peut s'occuper des deux Hawken tant que vous tuez la dernière et que vous ramenez vos jolies fesses avec la tête de ce chef à la noix ! »

Elle s'excuse, puis acquiesce.

Parfait. Nous pouvons retourner à des sujets plus intéressants et pimentés… *Ou pas.*

Le regard sérieux de Lana me donne la migraine. Si elle se lance dans un discours larmoyant, je me coupe les oreilles. J'ai assez de chagrin pour nourrir un fleuve entier, alors donnez-moi un peu de joie, s'il vous plaît !

— Je n'ai que quelques mots à transmettre à ma maîtresse : ne vous rongez pas les sangs, ce serait triste de mourir d'une hémorragie à l'aube du dernier combat. La victoire sera nôtre, parole de guerrière.

Je m'attendais à des propos chiants à mourir. Au final, elle n'est pas si ennuyante. Mon petit doigt me dit qu'elle raffole des plaisanteries macabres.

Les proches de ma fleuriste ne peuvent être que fascinants, j'ai été mauvaise langue sur ce coup-ci.

Jetez-moi au bûcher !

On ne juge pas au premier regard, voyons.

La leçon a été assimilée, promis.

« *Ta sœur te fait la bise. Elle a un penchant pour les métaphores, comme toi ! Mais les siennes sont plus drôles. Désolé, mon poussin.* »

Un rire délicat résonne dans ma tête.

Sacrebière, enfin !

J'ai dû ramer, mais ça y est, elle s'apaise.

Je commençais à avoir mal au crâne avec sa voix tristounette et ses reniflements intempestifs.

« *D'ailleurs, on l'appelle « tueuse-fantôme » sur le terrain. Personne ne la voit venir, ni disparaître. Un vrai caméléon !* »

Cordélia est étonnée, non pas par ma confidence, mais plutôt par mon talent à obtenir des renseignements inutiles en un temps record.

On se divertit comme on peut…

Tonton Ignis ne serait pas Tonton Ignis sans ses potins mielleux.

« *Dis-leur de survivre à tout prix.* »

Dois-je leur préciser de respirer, aussi ?

Qui aurait envie de mourir en pleine guerre, dans la plus vile et cruelle des souffrances ?

Évidemment qu'elles se battront jusqu'au bout.

— Maman poule vous demande de surveiller vos arrières et de boire beaucoup d'eau.

Cordélia feint une quinte de toux.

J'en mettrais ma main dans du vin chaud qu'elle se retient de se fendre la poire !

« *Quoi ? C'est important de s'hydrater !* »

Entre deux raclements de gorge, elle rétorque :

« *Je n'ai rien dit.* »

Quel culot !

Profiter du fait que je ne la vois pas, c'est petit.

Très petit.

« Entre nous, c'est toi le papa poule. »

Et elle se moque de moi, en plus !

— Comptez sur nous pour prendre soin l'une de l'autre, tout comme vous et la cheffe Delpierre.

Son clin d'œil lascif en dit long sur ses pensées.

Cette petite a du cran !

On dirait mon sosie, mais version féminine.

Je sens qu'elle a d'autres potins dans sa caboche, et il n'en faut pas plus pour piquer mon intérêt :

— Quelles sont les rumeurs qui courent ?

Elle me demande de m'approcher d'un geste de la main. Je m'exécute et tends l'oreille, à l'affût. Que je me trouve ici ou à deux mètres, aucune différence. Elle crie davantage qu'elle ne chuchote :

— Des soldats ont entendu le son d'un verre qui se brise, puis des métaux qui s'entrechoquent au sein de la partie la plus reculée de la grotte. Nous savions que la cheffe se trouvait là-bas et que vous l'aviez rejointe peu de temps après. Certains sont persuadés qu'elle était sur le point de vous tuer. D'autres affirment que vous avez un penchant pour les pratiques sexuelles *violentes* et un peu *spéciales*.

Oh, mais ça me donne des idées, ça !

Je prends des notes pour plus tard. Il y a tant de désirs que j'aimerais assouvir auprès de ma reine : yeux bandés, chocolat sur les seins, galipettes dans les bois…

Me voilà à nouveau triste et abattu.

— Je pourrais bavasser pendant des heures, mais ma vie sexuelle n'est un secret pour personne. As-tu des informations croustillantes sur Zéphyr ?

— Vous frappez à la bonne porte ! Le général du vent s'est rapproché d'une soldate de l'armée de braise. Elle lui enseigne la langue des signes. Étant elle-même muette de naissance, elle ne communique qu'au travers de ce langage corporel. Le vice-général Desmond aurait également participé à ce cours particulier par égard pour son souverain. Il est très attaché à lui.

— Zéphyr estime Honor comme son petit frère, même s'il n'est pas du genre démonstratif. Aucun baiser échangé avec la soldate ? Ou des avances ? Un petit jeu de séduction ? Ô gardienne des secrets, je t'en conjure, donne-moi quelque chose à me mettre sous la dent !

— Apparemment, la guerrière a tenté plusieurs contacts. Une main sur l'épaule, une mèche de cheveux glissée derrière l'oreille, des regards longs et appuyés… Mais rien n'a fonctionné ! Le souverain Landreau était aussi aimable qu'une grille de cachot.

— Sainte bière ! Qu'il est difficile, ce gosse ! La voie était dégagée, éclairée par dix soleils, et au lieu d'y gambader, il fait demi-tour. C'était qui, la prétendante ?

— Flora Moreau. Petite, cheveux roux bouclés. Son nez fin et ses taches de rousseur lui donnent un air mignon et chaleureux. Elle ne mange que des légumes verts cuits à la vapeur, comme lui ! S'il n'était pas aussi buté, ça aurait pu marcher entre eux. Courageuse, elle a tout de même proposé au général de venir déguster sa salade composée, une fois que la guerre serait terminée. Savez-vous ce qu'il lui a répondu ?

— Oh, ça devient intéressant ! Tu sais comment captiver ton interlocuteur. Je suis tout ouïe.

— « Je ne m'engagerai pas dans une promesse à forte probabilité d'échec. Cette invitation implique que nous soyons tous les deux en vie. Il faudrait être naïf ou stupide pour croire à cette issue. » Et ce n'est pas le plus fou dans cette histoire ! Il a écrit sa réponse sur l'un des murs de la grotte en fenkaly — notre langue universelle. Ainsi, tous les chevaliers qui ont sillonné ce couloir ont été témoins de ce rejet froid et apathique.

— Oh, l'infâme ! Qu'il est cruel ! Sa soupirante devait avoir du papier pour leurs cours privés, non ? Il aurait pu faire preuve d'un peu de compassion au nom de la bravoure de cette demoiselle !

— Le général affirme que le déni aurait frappé à sa porte s'il n'avait pas été ferme et intransigeant. Voilà pourquoi il a exprimé son refus en public, pour lui offrir une leçon qu'elle n'oubliera pas en ces temps de guerre.

— Sacrebière ! Il n'y va pas de main morte.

— Ses méthodes sont discutables, il faut bien le reconnaître. Il l'a humiliée ! La pauvre ne savait plus où se mettre et a fondu en larmes !

— Déformation professionnelle de sa part. Il a la fâcheuse manie de torturer l'esprit humain et d'éprouver ses limites. Je te remercie pour cette anecdote de qualité supérieure ! Je savais que je ne serais pas déçu.

— Vous m'en voyez ravie, *dieu de la débauche*. La prochaine fois, ramenez-moi un bracelet en guise de récompense. C'est un *art* de connaître les secrets de tout le monde, *se vante-t-elle en me lançant un clin d'œil*.

— Quelle fervente négociatrice fais-tu ! Certes, tout travail mérite salaire, et je peux te dire que ton vœu n'est pas tombé dans l'oreille d'un sourd.

— N'hésitez pas à venir régulièrement !

— Tu auras tellement de bijoux que tu ne sauras plus quoi en faire !

— J'accepte volontiers de prendre ce risque.

Notre complicité naissante me remonte le moral.

J'effectue une révérence en guise d'au revoir, et c'est en pivotant sur mes talons qu'un cri résonne dans ma tête. *Mes aïeux, j'avais oublié ma fleuriste !*

« Embrasse-les de ma part, je t'en prie. Et puis, dis-leur qu'elles me manquent. »

« J'ai des principes, moi ! Je ne touche pas aux personnes déjà engagées dans une relation, même pas avec un bâton ! »

« Sur la joue, Ignis. Sur la joue. »

Comment aurais-je pu le deviner ?

Il me faut tous les éléments pour comprendre.

Chaque mot est important, nom d'une bière !

« La prochaine fois, précise. »

Elle soupire, mi-lasse mi-amusée.

Je provoque souvent cet effet-là chez les gens.

Sans tarder, j'octroie une bise à chacune d'elles.

Elles sursautent, horrifiées par mon geste.

On dirait que je suis en train de défiler en slip en remuant mon popotin au rythme des canards. *Oh, quelle brillante idée !* Certains seraient prêts à payer pour voir un tel spectacle. Les affaires sont les affaires, comme on dit, et l'argent est toujours utile.

— Ravalez vos reproches, c'était une requête de Cordélia. Je suis innocent. Croix de bois, croix de bière, si je mens, « popol » fait l'hélicoptère !

Leurs traits se détendent aussitôt.

J'en suis presque vexé. Ça m'apprendra à rendre service, tiens ! Aucune reconnaissance, c'est fou ça.

« Tu es le meilleur, Tonton Ignis »

Un peu de pommade, et je repars du bon pied.

Moi, facile à contenter ? Totalement.

— À la revoyure, mesdemoiselles !

Je bâille à m'en décrocher la mâchoire, éreinté. Il est temps que je retrouve ma reine sanguinaire. Avec un peu de chance, elle sera de bonne humeur.

Elle a peut-être accepté son destin, mais il faudra me ligoter à un poteau enflammé pour que je renonce à un futur avec elle. *Que voulez-vous ?* Je suis bigrement têtu. Si elle croit que je vais en rester là, elle se fourre le doigt dans l'anus. Je refuse de la contempler sur son lit de mort. *Maudit don, tu n'auras pas ma Kora !*

Chapitre 9

Daphnis

Je l'écoute sans l'interrompre.

Elle me raconte ses intentions dans les moindres détails, de la naissance de son plan jusqu'à son potentiel succès. Son visage se tord d'incompréhension au fil de son discours. Elle attend qu'une émotion vienne creuser les traits de mon visage. De la surprise, en premier lieu. De la peur, surtout. Ou encore une pointe de déception. Or, rien de tout cela n'écorche mon regard.

Je te connais bien trop pour ne pas anticiper une telle démarche.

Mes soupçons ne datent pas d'hier.

Une chute de la pression de l'air ne peut être due à un caprice de la nature si ce phénomène ne se produit que lors de ses entraînements. Son regard fuyant et ses rapports évasifs m'ont confirmé qu'elle prévoyait de se lancer dans une quête des plus inquiétantes. Je n'ai rien relevé, car je savais qu'elle finirait par me l'avouer. De l'eau a coulé sous les ponts. Les malentendus et les non-dits n'ont plus leur place dans notre relation.

Nous nous sommes promis sincérité et dialogue en toutes circonstances. Si la communication est parfois difficile, des efforts sont fournis des deux côtés.

Aujourd'hui encore, elle a choisi l'honnêteté au détriment de la crainte.

— Je suis fier de toi.

Elle cligne des paupières, ahurie.

— Mais n'es-tu pas en colère ?

— Pourquoi le serais-je ?

Elle se pince les lèvres, ne sachant quoi dire.

Le trouble l'envahit.

— Tu respectes mon choix ?

— Oui.

— Même si je risque d'en mourir ?

— Tu ne mourras pas.

— Cela, je ne peux te le promettre.

— C'est moi qui t'en fais la promesse.

Elle fronce les sourcils, dubitative.

— Daphnis, comment…

— Je peux me charger de mon frère et t'épauler. L'un n'empêche pas l'autre.

— C'est optimiste, *insiste-t-elle*.

— On ne peut déterminer l'issue d'un combat à l'avance, mais quand il s'agit de *toi*, mes capacités sont mystérieusement décuplées. On forme une belle équipe toi et moi, tu ne trouves pas ?

Elle croise ses bras sur sa poitrine.

— Tu es étrangement serein.

— Serein, non. Résolu ? Assurément.

— Si mon corps me lâche, tu auras beau vouloir me sauver, tu ne pourras guère me ranimer.

— Tu es la personne la plus forte et brave que je connaisse. Ton corps ne lâchera pas.

— Je le souhaite. Crois-moi, je le souhaite.

Mes orbes aigue-marine sont soudain happés par l'horizon infini. Le pic des montagnes enneigées frôle le ciel azur. Hélas, ce n'est pas la beauté du décor hivernal qui retient mon attention. Un nouvel imprévu nous serre la gorge. À croire qu'il n'y en a jamais assez.

— Une tempête se lève.

Elle suit mon regard, anxieuse.

Les flocons frétillent sous le talon de nos bottes, tandis que l'air frais nous glace jusqu'à l'os.

Même les cieux nous abandonnent.

Contiens-toi.

Si les leçons de mon paternel sont pour le moins fourbes et particulières, certaines méritent d'être citées : « la panique ne résoudra pas tes problèmes, fils, elle les envenimera. » Sages paroles pour un homme aliéné par son désir de conquête.

Le climat est imprévisible, mais juste. Il sera un fardeau à la fois pour nous et nos adversaires. Espérons que la chance soit de notre côté, *elle*.

Dès que nous esquissons un pas, nos empreintes sont aussitôt recouvertes d'une couche de neige. Plus la distance s'amenuise, plus les rafales de vent font rage.

Malgré le ciel gris et capricieux, les contours de la sphère magique brillent assez pour être perceptibles. Le *Recovery* n'est plus qu'à quelques…

— Cordélia, baisse-toi !

Avant qu'elle ne réagisse, je la plaque au sol en l'attrapant par la nuque. L'éclair trace un sillon noir sur le sol, faisant virevolter les flocons de plus belle. Nous n'avons pas le temps de nous redresser qu'un second tir nous prend déjà pour cible. Dans un réflexe instinctif, je la propulse en arrière et m'écarte d'elle. Nous évitons à nouveau la foudre qui menaçait de nous percuter, mais ce jeu ne durera pas éternellement.

D'un geste de la main, j'ordonne aux rochers se trouvant aux alentours de se diriger vers nos assaillants. Un filet azur s'enroule autour de ces objets volants, leur donnant une impulsion féroce et explosive. La Hawken esquive néanmoins les blocs avec une justesse irritante.

Qu'elle s'amuse à voltiger, si cela lui chante, du moment qu'elle suspend temporairement ses attaques.

Mon but était de la distraire et non de la toucher.

Nous sommes désormais debout, prêts à parer la prochaine offensive. Je masse mon cou, l'inclinant d'un côté puis de l'autre. L'aura de l'Azuré s'éveille. Elle me caresse de sa chaleur, puis m'enveloppe sans omettre la moindre parcelle de peau.

Pendant que je craque tous les os de mon corps endolori, la magie qui circule à foison dans mes veines assouplit mes mouvements. La violence de la tempête ne m'entrave plus au point de me gêner dans ma marche. N'oublions pas qu'au milieu de ces montagnes blanches, je suis dans mon élément.

Ne sous-estime pas ton ennemi.

Je pousse un hurlement aviaire qui, comme je le souhaitais, incite mon frère à se poser à terre à défaut de le paralyser. Il en faudra davantage pour le plonger dans un état d'inconscience. D'un bref coup d'œil, j'intime à Cordélia de foncer vers la prison irisée. Elle acquiesce et jette sa cape sur le sol. Stimulée par l'adrénaline, elle se lance dans un sprint mortel, sans exagération aucune.

— À nous deux, Hyacinthe. **Transmutation**.

Mon halo de lumière l'aveugle et je m'envole la seconde d'après, les ailes déployées. Des éclats de glace flottent autour de mon corps d'oiseau tels des couteaux acérés. J'incline ma tête vers l'avant afin de les envoyer valser vers Hyacinthe. Sauf que la créature effectue des loopings et autres pirouettes pour le protéger. Aucune de mes aiguilles gelées n'atteint ma cible. Assis sur son dos, il est à l'abri. *Il faut à tout prix les séparer.*

La Hawken, bête à double tête, ouvre ses becs. Des boules d'énergie orange se forment, grossissant à vue d'œil. Au même moment, mon frère sort une flèche de son carquois, la place sur son arc et la pointe dans ma direction.

Deux contre un.

Leur stratégie me convient.

Nullement ébranlé, j'invoque des épées trois fois plus nombreuses et rapides que les précédentes.

À la seconde où mon frère tire, les sphères de la Hawken se heurtent à mes armes de glace.

Explosion.

Le choc est si intense qu'il nous projette tous les trois contre le sol. La collision creuse une cavité dans la neige, mais je décolle dans un ouragan de magie avant qu'elle ne m'engloutisse. Immobile à deux cents mètres de la terre ferme, je cherche mes assaillants du regard.

La concentration ne compense pas la douleur qui me martèle le ventre. La flèche m'a touché. Il n'a pas de don, mais son talent avec les outils le rend aussi nuisible que l'animal qui l'accompagne. J'extirpe la tige d'acier d'un coup sec, puis la désintègre d'un battement d'aile.

Une minute suffit pour que je repère à nouveau la Hawken. Pour autant, la surprise me gagne lorsque je m'aperçois qu'elle est désormais *seule*.

Je me réjouirais de ce constat si mon intuition ne fredonnait pas une mélodie macabre.

Cordélia.

En tournant la tête, le pire des spectacles s'offre à moi. La main de Hyacinthe est enroulée autour du cou de la femme que j'aime. Ses pieds ne foulant même plus la neige, elle les remue pour déstabiliser son agresseur, en vain. Le visage tout rouge, elle semble lutter contre l'évanouissement. Fou de rage, je bascule à la verticale et fonce vers eux.

— Ne la touche pas !

Un éclair me coupe dans mon élan. Je dérive sur le côté juste à temps pour que la foudre m'effleure sans me frapper. Toutefois, un frisson chargé de courant me secoue en pleine poitrine.

J'atterris d'urgence, freinant avec mes pattes.

Je m'enferme dans un bouclier de glace afin de me couper du monde extérieur. En me précipitant, je la condamne. Et moi aussi.

Il me faut une seconde de répit.

Contiens-toi.

Ma négligence aurait pu me coûter très cher.

Contiens-toi.

Mes réflexes m'ont sauvé de justesse.

Contiens-toi.

Mon énergie n'est pas inépuisable.

La prudence est de rigueur.

Mais *elle* a besoin de moi.

Contiens-toi.

Les yeux luisants, je brise ma protection.

Je lui ai fait une promesse.

Deux lames de glace se forment au-dessus de ma tête. D'un coup d'ailes, l'une s'achemine jusqu'à la bête au pelage rayé, fendant son rayon hostile pour se loger dans l'une de ses cornes noires, pendant que l'autre vise la nuque de mon cadet. Doté d'un instinct surdéveloppé, il la rattrape au vol en me lançant un regard haineux. Ce court instant d'inattention suffit à Cordélia pour utiliser le cri du Pourpre. Les tympans sanguinolents, il plaque ses mains contre ses oreilles, relâchant sa proie dans la foulée. Elle crache sa salive, masse son cou et hoquette à répétition, mais se relève aussi vite qu'elle est tombée.

Hyacinthe, lui, est sauvé par sa robustesse.

Là où un guerrier quelconque serait mort suite à une implosion des organes internes, il s'en sort avec du sang sur les tempes et des spasmes musculaires.

Nos attaques les plus basiques sont insuffisantes pour le terrasser. Or, les plus techniques ne garantissent pas notre victoire non plus. La situation se corse.

Il ne s'est pas reposé sur ses lauriers au cours de ces quinze dernières années. Une vérité qui me contrarie autant qu'elle m'impressionne.

Le brouillard de la tempête s'épaissit.

Ayant un corps lourd et imposant, la Hawken et moi avons moins d'efforts à fournir pour conserver une certaine stabilité. Pour mon frère et ma compagne, l'air fougueux est une contrainte de taille.

Enfin, plus pour longtemps.

Cordélia entrouvre les lèvres, prononçant *le* mot qui signera leur perte, et peut-être la sienne :

— **Transmutation**.

Ses iris cornaline scintillent par-delà la brume.

Une bourrasque balaie ses cheveux pourpres, qui étaient attachés avec soin dans une queue-de-cheval.

Les bras tendus de part et d'autre de sa colonne vertébrale, elle se transforme en phénix dans un flash de lumière. Sa métamorphose ne perturbe pas Hyacinthe. Il extrait son épée de son fourreau et la brandit vers elle.

Il n'a pas peur d'elle.

Ici, nous sommes cernés par la neige.

Aucune particule de sable n'est trouvable en ces lieux. Le Pourpre, comme chacun d'entre nous, pourrait se passer de cette source d'énergie sauvage s'il n'était pas considérablement affaibli par les siècles écoulés et les conflits d'antan. Hormis sa ténacité face au mauvais temps, Cordélia ne sera guère plus avantagée sous cette forme, à moins que…

Non.

— N'utilise pas leurs pouvoirs !

Sourde à mes avertissements, elle laisse son aura multicolore englober le sol que nous piétinons dans son entièreté. Sa magie incontrôlable bouleverse l'équilibre naturel des éléments, créant un chaos si dévastateur que nul ne saurait l'enrayer.

Le terrain se fissure jusqu'à engendrer des fossés profonds et hétérogènes. En une fraction de seconde, la neige se dérobe sous mes pattes. Je décolle avant d'être aspiré par le vide. La tempête tente de m'emporter avec elle, mais la force de mes ailes me permet de me libérer de son emprise perfide.

La Hawken ne se fait pas prier pour rejoindre les courants aériens, certes turbulents, mais plus fiables que la terre ferme qui se craquelle de façon hasardeuse.

Elle récupère mon frère au passage, qui resserre son étreinte autour du manche de son arme.

Cordélia, elle, semble à peine consciente.

Elle secoue la tête, hurlant à en perdre la voix.

L'impuissance frappe à ma porte.

Sa souffrance est palpable.

Comme si elle s'infiltrait en moi.

Pénétrant à travers les pores de ma peau.

Assister à son supplice m'est insoutenable.

« Concentre-toi sur ma voix. »

Elle hoche lentement la tête.

« Bien, c'est très bien. Tu es forte, Cordélia. »

Les flammes de l'Écarlate se manifestent.

Elles dévorent ses ailes avec tant d'avidité que je soupçonne ma compagne de ne pas les avoir invoquées.

Des flèches de feu se forment dans son plumage, puis se détachent pour fendre le ciel. Elles sont tirées de manière hasardeuse, menaçant aussi bien ses assaillants que son allié. Un jeu d'esquive se met alors en place.

Cependant, les jets sont trop nombreux pour tous les éviter. J'en reçois un au bas de mon aile gauche et la Hawken, elle, a sa deuxième corne transpercée.

Vif, Hyacinthe étouffe la tige immatérielle avant qu'elle ne consume l'excroissance pointue de l'animal, comme si le feu lui était inoffensif.

Le brasier ardent ne s'éteint qu'au bout de douze secondes, calcinant dans son dernier souffle le cuir noir qui recouvrait sa main jusqu'à rougir la chair blanche de son poignet. S'il souffre de sa brûlure, l'indifférence de son regard le cache. Il ne cille pas. Pas une seule fois.

Cette vision m'arrache un haut-le-cœur.

Son visage n'est plus la seule partie de son corps marquée par les ravages de la combustion.

L'ennemi dans ma tête s'en réjouit, le frère dans mon âme s'en chagrine. L'ambivalence qui me déchire de l'intérieur est aussi profonde qu'abominable.

La dégradation de l'état de Cordélia m'ôte à mes pensées inopportunes. Ses cris redoublent d'intensité en raison de son corps qui entre en surchauffe.

Ses pouvoirs prennent l'ascendant sur elle.

« Calque ta respiration sur la mienne. »

Elle s'exécute, non sans peine.

« Parfait. Continue. »

Peu à peu, ses halètements se tarissent.

Son aura est moins vagabonde.

Elle retrouve une once de stabilité mentale.

« Tu es formidable. Tiens bon. »

À ces mots, elle redresse la tête.

Nos prunelles s'accrochent.

Mais ce que j'y décèle me comprime la poitrine.

« Je n'ai pas mal. »

Cette affirmation, défiant la réalité, lui permet de tenir. De combattre. De survivre une minute de plus.

Une larme s'échappe de son œil irisé.

Achevant de me porter le coup de grâce.

Son esprit lutte pour ne pas être submergé.

Pour l'instant, elle résiste.

Mais elle transpire la vulnérabilité.

Nos ennemis saisissent cette opportunité pour la prendre pour cible. La créatrice de la foudre se rue vers elle, tandis que Hyacinthe se prépare à la transpercer en demeurant à moitié debout sur sa monture.

Une colère noire empoisonne mon cœur.

Je les poursuis, volant à contre-courant.

La tempête de neige nous ralentit assez pour que Cordélia disparaisse de notre champ de vision.

Il me faut 4,5 secondes pour comprendre où elle s'est enfuie. Elle glisse vers le *Recovery*, tournoyant sur elle-même pour accroître sa vitesse de déplacement.

Eux aussi l'ont trouvée.

Dans un mouvement simultané, nous changeons notre trajectoire. S'ensuit une course effrénée où nul ne fait de cadeau à l'autre. Tous les coups sont permis. Les éclairs de la Hawken se frottent à mes pics de glace à chaque fois qu'elle vise Cordélia.

Vous ne l'effleurerez pas d'un millimètre.

L'œil d'un humain serait incapable de percevoir l'affrontement dans ses moindres détails. Nos aptitudes respectives se chevauchent et se narguent à tour de rôle. Nous nous égalons en termes de capacités physiques, ce qui n'est guère rassurant.

Si ma concentration se relâche ne serait-ce qu'un clignement de paupières, la Hawken triomphera.

Et cela, je ne puis le permettre.

Les yeux grand ouverts, je bats des ailes.

Plus vite. Plus fort.

Mes plumes tombent, emportées par ma férocité.

D'abord deux, puis dix, puis vingt.

Le nombre m'échappe, se dérobe à ma mémoire.

L'Azuré me murmure de penser à notre lignée.

De privilégier notre survie au détriment du reste.

Je ne l'écoute déjà plus.

Je deviens sourd à la prudence, à la stratégie, au sang et à l'avenir. La douleur de Cordélia transcende ma raison au point de me rendre impulsif. Insensé.

Mais le destin s'acharne à me provoquer.

En un court instant, ma hargne est balayée par le mépris du ciel. Et mon cœur, réduit en miettes.

Je suis confronté à de nouvelles rafales de vent, plus impétueuses que les précédentes. L'aura de l'Azuré n'est guère assez puissante pour me soustraire des filets de la tempête. Projeté en arrière, l'avance que j'ai prise sur mes adversaires part en fumée. Pour couronner mon désespoir, je suis contraint d'emprunter un détour.

Cette manœuvre me fait perdre plusieurs mètres dans la compétition. Une distance fatale.

Sans que je puisse faire quoi que ce soit, l'éclair de la Hawken s'abat sur le Pourpre en plein vol. Touché au niveau de son flanc, il atterrit en catastrophe à un pas du *Recovery*. La tête enfouie sous la neige, Cordélia ne bouge plus. Son plumage multicolore est teinté de noir, brûlé par endroits. Son pouls est faible, trop pour que je l'entende distinctement. Un sourire triomphant se dresse sur le visage de mon frère.

Il ne m'en faut pas plus pour perdre la raison.

Le souffle glacé de mon ancêtre, que je m'étais défendu d'utiliser à nouveau contre autrui, s'échappe de mon bec. Et l'objet de ma rage est celui pour qui jadis j'aurais tout sacrifié.

Hyacinthe Rolzhausen.

Chapitre 10

Kora

Suivre la stratégie.

Ce sont les mots qui régissent mon corps et mon esprit. L'erreur de la veille m'a laissé un goût amer.

La défaite ne me va pas au teint, pas plus que la mort d'ailleurs. Pour une fois, je m'engage à laisser mes pulsions de côté pour le « bien commun ».

J'apprécierais que *certains* en fassent de même.

Zéphyr ayant perdu l'usage de ses oreilles, il ne reste plus que la télépathie pour communiquer pendant le combat. Bien sûr, cela reviendrait à parler à Cordélia, qui est la seule à pouvoir activer la fréquence commune.

Têtu à m'en donner la migraine, il n'a pas digéré le départ des amoureux transis qu'il qualifie de trahison.

Il n'agira qu'en fonction de notre plan et avisera si nécessaire. Sa rancune mal placée nous met dans de beaux draps. Ce gosse a de la chance que je me sente *un peu* coupable. Les gens qui me posent des problèmes ne font pas long feu d'ordinaire.

Je n'aurais pas craché sur l'aide du Pourpre sur ce coup-ci. Je partage son ressentiment, et je ne donne pas cher de notre amitié d'ici la fin de la guerre, or, s'il est furieux, ce n'est pas à cause de la fuite de nos deux alliés, mais plutôt parce qu'il a dû se mouiller jusqu'au cou au lieu de tirer les ficelles dans l'ombre.

Il a de l'audace, de leur reprocher leur égoïsme, alors que sa vertu se limite à un cercle très restreint.

Moi, il ne m'a pas tourné le dos alors que je suis responsable de sa surdité. Soit je le terrifie, soit il est au bord du gouffre, prêt à accueillir la mort.

Dans les deux cas, son refus d'avoir recours à la connexion est d'une mauvaise foi sans nom. Il aurait dû mettre de côté ses sentiments, ne serait-ce que la durée du combat, mais personne n'a su le raisonner.

Les alliances sont pourries jusqu'à la moelle.

Asseoir à la même table cinq phénix à l'orgueil surdimensionné, habitués à faire cavalier seul, avec en prime une fâcheuse tendance à entraîner les autres dans leur chute à cause de leurs choix discutables…

C'est la définition même d'une mauvaise idée.

Je les aime bien, sinon je les aurais déjà égorgés, mais cette vulgaire amitié ne m'apportera pas la victoire sur un plateau d'organes ensanglantés.

Un soupir résigné m'échappe.

J'ai accepté de me joindre à eux, davantage pour le pire que pour le meilleur, ce n'est pas maintenant que je vais changer de camp.

Les remords sont réservés aux lâches.

Moi, j'assume mes décisions.

Aussi ennuyeuses soient-elles.

Et je ne mourrai pas sans victoire.

— **Transmutation**.

L'Ébène, l'Écarlate et l'Opalin décollent, traçant un faisceau de lumière colorée dans leur sillage.

Aussitôt transformés, nous nous positionnons de sorte à encercler les Hawken.

Moi en face, Ignis à droite et Zéphyr à gauche.

L'oiseau blanc ouvre les hostilités en invoquant une tornade qui vient piéger nos deux ennemies.

Les Hawken tentent d'en sortir, en vain.

Elles foncent la tête la première dans la rafale de vent, comme si elle allait subitement s'évanouir pour les libérer de son emprise. Ce n'est pas de la persévérance, mais plutôt de la stupidité à l'état pur.

L'Écarlate crache un jet de flammes qui s'affine jusqu'à enlacer nos ennemies d'un anneau rouge.

Oppressées comme les fleurs d'un bouquet, elles hurlent de douleur. Il est temps de leur porter le coup de grâce. Dans une vive impulsion, je me place en hauteur, juste au-dessus d'elles. Ma magie bouillonne, fortifiant mes plumes d'une ardeur nouvelle. De mes ailes, je les compresse davantage afin de les pousser dans une chute mortelle.

Le ciel défile à une telle vitesse qu'on discerne à peine les nuages qui le constituent. La pression de l'air appuie sur nos tympans, mais je serre les dents, les yeux gorgés de sang. De rage. Et à quelques mètres du sol, je relâche mon étreinte. Alors qu'elles sont sur le point de s'écraser contre l'asphalte, l'une des jumelles plante sa corne dans mon épaule. Je me retrouve coincée. Prise au piège de ma propre attaque. L'impact nous terrasse.

Nos pouvoirs combinés à la gravité nous mettent plus bas que terre. Mon souffle se coupe. Mes poumons se consument, tandis que la poussière vole et obscurcit le champ de bataille.

Plusieurs cavités se forment de part et d'autre de nos corps endoloris. Je ne distingue rien. Je ne sens plus mes membres non plus. Paralysée, je force mon cerveau à envoyer des signaux à mes pattes, à mes plumes, sans rencontrer le moindre succès.

Je demeure obstinément inerte.

Ma faiblesse me rattrape.

L'impuissance me frappe.

Bouge, l'Ébène. Bouge !

Sa voix déserte le siège de mon âme.

Trop épuisé pour me répondre, il m'abandonne à mon sort. Le contrecoup de mon sacrifice influe encore sur mon énergie vitale. Je me rapproche de ma fin à pas de panthère. Mon plumage, lui, blanchit à vue d'œil.

Mon don n'est plus que l'ombre de ce qu'il a été autrefois. Je ne me régénère même pas.

Me voilà donc au point de non-retour.

Des silhouettes apparaissent dans mon champ de vision, au travers d'une fumée brune et opaque. Leurs carrures me révèlent l'échec de notre unique plan. Elles sont toujours en vie, prêtes à en découdre, alors que je rampe dans mon sang, le menton raclant les gravats.

Bouge, l'Ébène !

Un cri glisse hors de mon bec, enflammant mes membres de mon refus de capituler.

Hors de question que je meure avant elles !

Je parviens à relever le haut de mon corps par la seule force de ma hargne. Mes pattes ont plus de mal à suivre le mouvement. Je tremble sur mes appuis, mais je n'ai pas l'intention de m'écrouler à nouveau.

Avance !

Un pas après l'autre, je commence à trouver une forme d'équilibre. Probablement alertés, Ignis et Zéphyr ont quitté leur confort aérien pour me rejoindre. Ils vont se démener pour assurer mes arrières, mais ce n'est pas ce que j'attends d'eux. Ils ne pourront pas me rendre ma force ni ma magie, de toute façon.

Ce que j'ai sacrifié restera perdu à jamais.

Soudain, la voix de Cordélia s'élève, forçant le passage de mon esprit. *Elle a activé la connexion.* Une lueur de satisfaction me traverse devant cette initiative. Qu'ils le veuillent ou non, je suis désormais en mesure de transmettre mes ordres à Ignis et Zéphyr.

« *Attaquez-les. Ne vous occupez pas de moi.* »

Ma dignité me pousse à survivre par moi-même.

Plus vite, l'Ébène !

J'aurais parié que mes ennemies étaient dans un état critique si le sifflement de la foudre ne s'invitait pas à la partie. Comment nos ancêtres ont-ils pu les tuer ? À quel point avons-nous faibli ?

Guidée par ma perception sensorielle, je tourne péniblement la tête. L'attaque viendra par la gauche. Je concentre alors toute mon énergie, du moins ce qu'il en reste, dans mes pattes afin d'amorcer un tremblement de terre qui me permettra d'esquiver et de contre-attaquer.

— Maman !

La voix de Mirabelle jaillit des décombres, forte d'une émotion dangereuse. Que fait-elle ici ? Où est son garde du corps ? Pourquoi est-elle précisément là où je l'ai défendue de se rendre ?

La surprise m'interrompt dans mes gestes, assez longtemps pour anéantir toute possibilité de reprendre le dessus sur les Hawken.

Le frétillement de l'électricité annonce ma mort prochaine. Trop tard. Je n'ai plus le temps.

Il ne me reste plus qu'une seule chose à faire.

Éloigner ma fille.

— Mirabelle… Va-t'en !

Vêtue de son armure en onyx, les cheveux noués en une queue-de-cheval aussi sévère que son expression faciale, elle saute à travers les cendres. Elle atterrit d'un pas confiant devant moi, ses bras faisant barrage à toute menace à mon encontre.

— Je te protégerai.

Son ton implacable me remplit à la fois de peur et de fierté. Elle est jeune, elle se croit invincible.

Sa vaillance la pousse à encaisser cette attaque à ma place. Et sa candeur l'empêche de craindre la mort.

Mais je suis sa mère.

C'est à moi de la protéger, pas l'inverse.

Je repousse mes limites un cran plus loin pour la soulever et la balancer vers les carrosses endommagés, de l'autre côté du champ de bataille. L'une de ses mains se tend vers moi dans un vague espoir de m'atteindre, et je distingue sa mine effarée avant qu'elle ne disparaisse derrière le voile de poussière.

— Vis, Mira, *murmuré-je*.

Ma fille prendra la relève.

Elle dirigera l'armée d'Ebena.

Les pattes chancelantes, j'accueille mon destin.

« Buvez leur sang à ma mémoire. »

Un sourire carnassier se dresse sur mon visage.

Une légère détonation retentit dans l'espace.

Dans la seconde qui suit, un rayon me transperce l'abdomen.

Chapitre 11

Daphnis

Hyacinthe est tombé en plein vol.

Car j'ai utilisé le pouvoir que je haïssais.

Que je maudissais.

Je l'ai fait pour elle. Pour la protéger.

Je n'ai même pas hésité.

Nos ennemis gisent à une centaine de mètres du *Recovery*, affectés par mon souffle glacé. La Hawken a perdu l'usage de son aile, tout comme il reste une jambe valide à mon frère. Sa douleur résonne dans mon cœur. Ce constat me torture plus qu'il ne me soulage.

Serai-je capable de le tuer ?

Je maîtrise assez la portée de mon souffle afin de ne viser qu'une partie de leur anatomie. Je suis parvenu à les neutraliser sans les tuer. En vérité, mes actes n'ont pour but que de gagner du temps pour Cordélia.

Cordélia.

Son pouls est faible, mais régulier.

Elle a repris forme humaine.

Ses paupières se rouvrent, ses doigts s'agitent.

Je me précipite vers elle, mes ailes fouettant l'air avec véhémence. À peine atterris-je à ses côtés que son air désapprobateur me maintient à distance.

— J'ai besoin… que tu les distraies.

Elle désigne nos assaillants du menton, dont la course effrénée n'est nullement ralentie par leur semi-paralysie. *Plus tenaces que des sangsues.*

Hyacinthe chevauche à nouveau la Hawken qui, à défaut de voler, court dans notre direction. Seulement la neige a le mérite de l'entraver dans sa progression.

Cordélia s'est relevée entre-temps.

Nous échangeons un regard de connivence, alors qu'elle ouvre la porte de la sphère irisée d'un geste de la main. Les bras tendus vers le *Recovery*, elle se met alors à voltiger au-dessus du sol, animée par ses pouvoirs.

Honore ta parole.

Je fais volte-face, résolu.

La rage qui irradie dans les iris aigue-marine de mon frère m'arrache un haut-le-cœur.

Serai-je capable de le tuer ?

Je manipule l'environnement de sorte à créer des cristaux de glace. Défiant le vent et la gravité, ils restent suspendus un instant, le temps que je les façonne en de tranchantes épées. Lorsque mes ailes se déploient, elles se déchaînent alors contre Hyacinthe et la Hawken qui esquivent la plupart de mes tirs. L'agilité de la créature mêlée à la dextérité de mon frère aux armes blanches leur permet d'échapper à la première vague sans écoper de la moindre blessure, mais la seconde ne les laisse pas indemnes. Une lame par-ci, une autre par-là. Épaule de l'un, sternum de l'autre.

Ils sont contraints de freiner brusquement et j'en profite pour modeler un serpent de neuf mètres de long par la simple force de mon esprit. Ses écailles saillantes sont semblables à des épines acérées. Mu par ma magie, il fonce vers Hyacinthe, tournoyant sur lui-même tel un lierre pris dans une tornade. La mâchoire ouverte, il sort sa langue bifide tout en plantant ses crochets dans la tête de la Hawken, tandis que sa queue s'enroule autour du cou de mon frère. Le teint rougi par le manque croissant d'oxygène et la fraîcheur du reptile, il parvient par je ne sais quel miracle à détruire ma sculpture avec un violent coup de pommeau en plein dans sa trachée.

Mon serpent vole en éclats.

Et ils ne sont plus qu'à dix mètres de Cordélia.

De plus en plus affaibli par la quantité de magie que je dépense, je peine à garder ma respiration stable.

Mon cerveau carbure à cent à l'heure, cherchant un énième moyen de les ralentir, quand un cri m'extirpe de mes pensées.

L'enchantement a déjà commencé.

Tous nos regards convergent vers elle.

Les poignets ensanglantés, elle tend ses paumes ouvertes vers le ciel, aspirant peu à peu l'énergie de la sphère afin de faire sauter le dernier verrou qui retient le sceau du Pourpre. Celui qui va *tout* changer.

Des faisceaux de lumière colorée s'échappent de son corps, tandis que le *Recovery* se met à trembler. Les pieds joints et la tête inclinée vers l'arrière, elle flotte et convulse à la fois. Se contenter d'observer la scène sans intervenir est un véritable calvaire.

C'est le soudain crépitement de la foudre qui me détache d'elle. La Hawken ouvre ses becs, formant deux boules d'énergie avant de les envoyer vers Cordélia.

Elles fendent l'air dans un sifflement saisissant.

J'invoque un bouclier de glace qui se heurte aux rayons de magie, déviant leur trajectoire initiale. Fier de ma réactivité, je déchante rapidement en découvrant le visage de mon frère à quelques centimètres du mien, les yeux aliénés à l'idée de me transpercer la poitrine.

Ce n'était qu'une diversion.

Par instinct de survie, une fumée bleu pâle glisse hors de mon bec, recouvrant entièrement son épée et sa main gauche d'une épaisse couche de glace juste avant que la lame n'entre en contact avec ma chair.

Ayant sauté de la Hawken, qui se trouve encore en retrait, il n'a pas le temps d'atterrir que je l'attrape à la volée pour le plaquer contre le sol neigeux. La force de l'impact brise ses membres gelés en d'innombrables éclats. Son sang se répand autour de nous, éclaboussant mon plumage dans la foulée.

Mon frère… Son sang… Je l'ai…

Tétanisé, j'encaisse de plein fouet la décharge de la Hawken sans même tenter de l'esquiver. Sa magie me foudroie sur place, me faisant valser loin de Hyacinthe.

Ma vision devient floue.

Le monde se met à tanguer.

Mes réserves de magie, elles, sont vides.

Mon chemin s'arrête-t-il ici ?

Soudain, une pulsation.

Véloce.

Une chaleur se diffuse dans mes veines, à la fois étrange et familière. Je comprends instantanément d'où vient cette énergie.

« Phénix, il est temps de vous rendre ce qui vous appartient. »

La voix de Cordélia résonne à l'intérieur de mon encéphale, sur la fréquence commune que nous utilisons habituellement pour communiquer entre nous. Ses mots me transcendent. Sa douleur me martèle. Le pouvoir de l'Azuré, lui, ne fait que croître. Encore et encore.

Ma fougue resplendit à nouveau.

Je me relève, solide sur mes appuis.

Mon aura est plus puissante qu'elle ne l'a jamais été. Elle brille de mille feux.

— L'ère des phénix s'achève aujourd'hui, *clame haut et fort la Hawken.*

Nous nous scrutons avec un air de défi.

Sa magie se déclinant sous des sphères jaunâtres aussi dangereuses qu'instables, elle se prépare à contre-attaquer avec sa technique la plus redoutable.

Moi aussi, j'ai un atout dans ma manche.

Cette fois, ce n'est pas un serpent que j'invoque, mais un dragon de glace. Plus grand, plus robuste, plus terrifiant que toutes mes sculptures mouvantes réunies.

Il virevolte autour de mon corps d'oiseau, en se nourrissant de la magie de l'Azuré que je lui octroie de bonne grâce. Son corps est gorgé d'écailles pointues. Sa crinière ondule dans le vent. Ses crocs, eux, n'attendent plus que de se planter dans la chair de mon ennemie.

Hawken contre Phénix.

Glace contre foudre.

— Pour mes sœurs ! *s'écrie-t-elle.*

Pour l'avenir, *pensé-je avec conviction.*

Nos sorts se combattent avec tant de férocité que même le ciel nous implore de cesser l'affrontement.

Les secondes qui suivent sont les plus longues et pénibles de mon existence.

Chaque organe de mon être est comprimé.

Chaque cellule de mon esprit est sollicitée.

Je repousse mes limites d'un cran, puis deux.

Jusqu'à ce que mon dragon triomphe des éclairs, décapitant la Hawken d'un geste sec.

Chapitre 12

Ignis

Égoïste.

Qu'est-ce que je vous disais ?

Kora sera toujours ma priorité.

À la seconde où j'ai perçu l'attaque des Hawken, je me suis précipité derrière elle, brisant mon avenir au creux d'une étreinte mortelle.

Mes poumons s'enflamment de la pire façon qui soit. Une douleur aussi vive que mordante.

Pour un maître du feu, c'en est risible.

Mes plumes disparaissent, laissant la place à des doigts amochés et crasseux — les joies de la guerre.

De phénix à humain, il n'y a qu'un pas.

Ou plutôt un battement de cils.

À court de magie, il nous est impossible de nous maintenir sous forme de créatures ailées.

Nous retrouvons en un éclair nos enveloppes de naissance, avec nos armures éraillées et usées jusqu'à la moelle pour unique couche de vêtement.

La foudre nous transperce tous les deux en plein ventre, formant ainsi un trou béant.

Nos intestins ne sont plus que cendres.

Nous crachons du sang en chœur, victimes de la même douleur. Vingt ans gâchés en vingt secondes.

Je n'en suis pas fier, croyez-moi, mais même ma reine n'a pas la force de me sermonner. Je resserre mes bras autour de ses reins, encaissant le choc avec elle.

Pour elle.

Je m'écroule sur le sol, Kora à ma suite, mi-assis mi-allongé. Mon seul regret, hormis ma flasque vide de bière, est d'abandonner mon fils et Glaçon. Ils veilleront l'un sur l'autre en mon absence, à défaut de jouir de ma beauferie inégalable. *La mort rapproche, dit-on !*

Il suffit d'un acte pour tout changer.

Il suffit d'un choix pour tout perdre.

Et pourtant, je n'ai aucun regret.

— Tu n'es vraiment… qu'un imbécile.

Je plaide coupable !

Discours redondant, mais véridique.

Ce seront probablement les derniers mots qu'elle prononcera à mon encontre et à mes oreilles, ils sonnent comme la plus douce des mélodies. Je m'en irai en paix, cela, je peux vous l'affirmer, mes poussins !

Mon énergie vitale était déjà au plus bas.

Qu'importe le chemin que j'emprunte, la finalité aurait été la même. Les Hawken sont plus fortes, et bien plus robustes que nous. Nous n'étions pas de taille.

D'un côté, elles ont eu des siècles de repos, alors que de l'autre, nous n'avons cessé de décliner au fil des générations. Parlons peu, parlons bien : quitte à périr, je préfère que ce soit en compagnie de ma reine.

Les secondes semblent défiler au ralenti.

Zéphyr me boude et me gronde à distance.

Kora boit son sang avec un étrange appétit.

Et moi, je respire.

Je respire merveilleusement bien, d'ailleurs.

Je devrais déjà être mort.

« *Phénix, il est temps de vous rendre ce qui vous appartient.* »

La chaleur qui me submerge n'est donc pas dû à la proximité du corps de ma compagne.

L'espace d'un court instant, je renais.

Mon aura chatoie encore plus que le soleil.

Mes flammes, elles, sont plus ardentes.

Assoiffées de ces créatures tigrées.

Mais soyons francs, nos organismes n'auront pas le temps de se résorber avant que nos organes vitaux ne cessent de battre. Au moins, grâce à ma douce fleuriste, nous partirons en portant un coup fatal à nos ennemies.

N'est-ce pas un beau cadeau d'adieu ?

Je ferme les yeux, visualisant l'environnement à l'aide de mon ouïe surdéveloppée. J'isole les sons de la nature un à un afin de me concentrer sur *elles*. Il suffit d'un frémissement d'aile, d'un oscillement de paupière pour que je parvienne à déterminer leur position exacte.

Plus à gauche. Non, un peu plus à droite.

Et… Sacrebière, les voilà !

Cibles verrouillées.

Je prends une profonde inspiration.

Le feu monte et sillonne ma trachée.

Crépitant sur le bout de ma langue, un tourbillon de flammes jaillit de ma bouche lorsque la terre se met à craqueler, influencée par le pouvoir de l'Ébène. Privées de toute possibilité de fuite, les Hawken sont terrassées par nos attaques combinées.

La puissance de nos dons éclipse la fumée brune et nous offre une vue imprenable sur notre prouesse.

L'ivresse de la joie — non pas de l'alcool, hélas — me berce à l'entente de leurs soupirs d'agonie.

« Mon flûtiste adoré, tu ne pourras pas dire que nous te laissons dans la panade. »

Apaisé, je relâche enfin la pression.

Mes muscles se détendent.

Les gravats en deviennent presque confortables.

Il ne manquerait plus qu'un oreiller !

Mes pensées s'égarent dans l'une de ces soirées mémorables où mon fils diluait de la bière blonde, alors que ma chère Kora me prodiguait des petites gâteries au coin d'un couloir sombre et désert. *Le bon vieux temps.*

Puisse Glaçon me pardonner d'avoir dévoilé son jeu à une partie de poker, lui qui avait une combinaison de cartes à faire craquer son caleçon. *Prends soin de toi, bibou. La vie est trop courte pour les remords.*

Malgré l'épuisement et ma résignation, mes bras refusent de desserrer leur étreinte, par peur que nous ne puissions guère nous retrouver de l'autre côté.

Que voulez-vous ? Romantique jusqu'au bout !

La caresse chaleureuse de son doigt sur le dos de ma main contraste avec la fraîcheur métallique de sa bague d'arme, m'accompagnant dans mon tout dernier souffle.

N'oubliez pas…

De m'enterrer avec une bière blonde.

Chapitre 13

Daphnis

Les restes de la Hawken s'enlisent dans la neige, au beau milieu d'un champ d'edelweiss. Des morceaux de givre gisent près d'elle, renfermant les plumes de son aile droite. Paupières ouvertes, bec fermé. Sans âme qui vive, son corps se décomposera. Et elle disparaîtra.

Puis-je être heureux de son trépas, quand elle ne souhaitait qu'obtenir justice ? Qui pourrait se réjouir de sa victoire, quand le prix à payer est aussi élevé ? Suis-je le héros de ma patrie, ou le partisan d'un génocide ?

Je l'ai tuée. De sang-froid. Pas de place pour les remords. Si c'était à refaire, je le referais. La culpabilité qui s'enracine dans mes veines n'a plus lieu d'être. Elle est le reflet d'un passé que j'ai épousé de mon plein gré. D'un présent dans lequel je me suis embrasé. D'un futur auquel j'ai succombé par cupidité. Ma vie n'est-elle pas un luxe corrompu par le sang ? L'éclosion d'un égoïsme incommensurable au détriment de l'humanité ?

Je n'ai même pas eu la décence de lui demander son prénom. À jamais, elle ne sera qu'une pâle copie de ses semblables, sans rang ni identité.

L'émotion de son regard transcende la mort.

Je détourne aussitôt les yeux, lâche.

La guerre est finie.

Elle est finie, n'est-ce pas ?

Et pourtant, je suis incapable d'éprouver quelque chose. Un trou béant s'est logé dans ma poitrine.

Le calme revient après la tempête.

Un calme lourd de conséquences.

Tel un cadavre mouvant, je m'approche du corps inerte de Cordélia. Le *Recovery* a désormais disparu, ne laissant derrière lui qu'un amas d'éclats irisés.

Un genou posé à terre, je glisse une main sous sa nuque et une autre dans le creux de ses genoux afin de la soulever. Sa peau est recouverte de stigmates rouges, marques de son courage et de sa force. J'entendais son pouls à distance, mais par besoin de réconfort, je palpe son poignet pour m'en assurer. Sa respiration est faible, mais stable. Les cils papillonnants, elle gémit. Lorsque ses paupières se lèvent, mon âme se ranime.

Si je ne puis me réjouir de leur disparition, je me complais dans sa survie.

— Daphnis ?

— C'est moi, *la rassuré-je.*

— Là-bas, au milieu des perce-neiges… Je les ai vus. Tous les trois.

— Tu les as vus, *répété-je, plein d'espoir.*

Elle acquiesce, la lèvre pincée.

— Pendant quelques secondes, j'étais un spectre omniscient, voyageant d'esprit en esprit, et…

Elle s'interrompt, essoufflée.

— Ils n'ont pas tous survécu. Malgré leur magie, ils n'ont pas survécu.

Mon cœur fait un bond dans ma poitrine.

Et l'espoir se brise au creux de mes doigts.

Au fond de moi, je le savais.

Je le sentais.

L'enchantement n'a pas suffi.

Quoi que nous fassions, rien ne suffit jamais.

— Je suis navrée, Daphnis. Je sais combien vous teniez l'un à l'autre. Je sais qu'il…

Il était comme un frère.

Un frère intrusif, irritant et fainéant. Un frère qui passait son temps à m'affubler de surnoms ridicules et à jouer avec mes nerfs. Un frère que j'aimais détester. Un frère qui aurait pris une épée à ma place. Un frère qui ne m'a jamais abandonné, qui m'a soutenu dans mes choix les plus insensés. Un frère qui…

Un frère qui est parti.

De tous mes frères, il n'en reste aucun.

— Avant de mourir, il…

Elle répète mot pour mot ses dernières pensées à mon égard. Un éclat de rire jaillit de ma gorge, par dépit ou déni. Peut-être les deux. Sûrement les deux.

— Jusqu'à la toute fin, cet imbécile heureux n'a vraiment aucun…

Un sanglot bloque ma voix dans ma trachée.

Un mot de plus et je craque.

Mais je ne veux pas craquer maintenant.

D'un pas traînant, je me dirige vers la dépouille de Hyacinthe. Son âme a d'ores et déjà quitté son corps, mais il m'est impossible de partir sans lui dire au revoir.

J'ai besoin de lui parler une dernière fois.

Le temps de déclarer mes adieux à mon frère de chair et de sang, j'enroule Cordélia dans mon manteau en guise de couverture de fortune. Les bras tremblants, elle s'y emmitoufle.

— Nous rentrons bientôt à la maison, *susurré-je au creux de son oreille.*

Je pivote sur mes talons, me retrouvant nez à nez avec Hyacinthe. Choc. Malaise. Et je crache ma bile sur mes bottes. L'air m'oppresse. Mon uniforme me colle à la peau. Ma vision devient floue, tandis que des frissons désagréables me parcourent l'échine.

Contiens-toi.

Je déglutis, en proie à une chute de tension.

Non, une crise d'angoisse.

Je lève la tête afin de m'isoler.

L'immensité du ciel est la parfaite évasion.

Inspire. Expire. Encore.

Mon torse se gonfle et se dégonfle.

Inspire. Expire. Encore.

Ma nausée commence à se dissiper.

Inspire. Expire. Encore.

La brise hivernale effleure ma joue.

Mes idées s'éclaircissent.

Contiens-toi.

Je me confronte à nouveau à Hyacinthe.

Ses yeux vides me contemplent.

Et moi, je tremble sous le regard d'un mort.

— Pardonne-moi, Hyacinthe. Je n'ai pas réussi à te protéger de Cassandre. En voulant à tout prix te tenir éloigné, j'ai alimenté ton désir de te rapprocher de lui. Il était… Je ne voulais pas qu'il te prenne pour cible. Sache que tout ce que j'ai fait…

Ma voix déraille, mes syllabes se mélangent.

Dans mon corps. Dans ma tête.

Je ne parviens plus à les contenir.

— Tout ce que j'ai fait, c'était pour toi. Si je suis le monstre de ton histoire, tu as toujours été le prince du mien. Même maintenant… Même maintenant, je t'aime, petit frère. Et je te promets de ne plus te décevoir. Notre village, je m'en occuperai. Alors, pars. Envole-toi. Vole de plus en plus haut, là où je ne te retrouverai jamais.

Chapitre 14

Cordélia

La magie a toujours un prix.

Et le mien était ma vue.

Depuis quinze jours, je m'efforce de m'adapter à ma nouvelle condition physique, tâtant l'environnement qui m'entoure afin de retrouver mes repères. Je me fie à mes souvenirs pour visualiser le monde, et si l'obscurité m'a d'abord provoqué des crises d'angoisse, je n'ai pas d'autre choix que de m'y accoutumer.

Mes doigts glissent sur le marbre froid, pendant que mes pieds avancent pas à pas au sein du couloir du deuxième étage. Ma connaissance des textures m'aide à reconnaître la plupart des objets, ce qui est une moindre consolation. *Certains n'ont pas cette chance.*

Il m'a fallu un certain temps pour me défaire des fantaisies de mon imagination. *J'avais peur de toucher.* Dans la cécité, même les fleurs deviennent dangereuses. Comment puis-je être certaine qu'elles sont dépourvues d'épines ? Comment distinguer les plantes toxiques des bourgeons inoffensifs ? Quant à mes outils de jardinage, je n'osais plus m'en approcher. Je n'ai jamais été la plus émérite des fleuristes, donc je n'avais pas le luxe de me reposer sur mes acquis. Ce qui m'était familier m'était à nouveau inconnu, et il n'y a rien de plus terrifiant. Cette sensation de perdre pied me procure encore des frissons le long de ma colonne vertébrale.

Je dois tout réapprendre.

Recommencer ma vie à zéro, ou presque.

Seule la peinture demeure une donnée invariable dans cet océan de mystères. Aveugle ou non, mes mains savent ce que mes yeux ignorent.

L'art a toujours été mon ancre, la corde qui me tire des ténèbres lorsqu'elles me submergent. Combien de fois me suis-je réveillée en pleine nuit pour déverser mes émotions sur une toile ? Quand mon âme se serait-elle échappée des limbes si Daphnis n'avait pas fabriqué des pinceaux de fortune ?

La vie est comme une longue noyade.

J'étouffe, respire, puis étouffe à nouveau.

Je respire, étouffe, et respire mieux encore.

Maintenant que je suis remontée à la surface, je me bats pour y rester. Je ne crains plus l'immensité de l'eau, car grâce à l'art, j'ai appris à nager.

La culpabilité ne m'enserre plus la gorge, elle se contente de geindre en guise de rappel quotidien pour la meurtrière que j'ai été. La petite voix dans ma tête n'est plus qu'un bruit de fond. Certains jours sont plus rudes que d'autres, mais j'ai cessé de regarder en arrière. Je ne suis plus mon ennemie. Je suis désormais ma plus fidèle alliée. Quant au reste, seul le temps pourra me guérir.

Parfois, j'entends le crépitement de la foudre.

Les Hawken dorment dans des cercueils en bois, mais leur empreinte sur nos âmes est impérissable. Et la bataille des clans a fait énormément de ravages.

Le « Campement Nébuleux », qui se trouvait au cœur de la forêt des perce-neiges, a été saccagé de part en part. Il ne restait rien de leurs installations, si ce n'est des armes tachées de sang. La pelouse regorgeait d'os et d'organes, un spectacle atroce qui s'immisce au sein de mon esprit aussi bien le jour que la nuit.

Les pertes humaines sont nombreuses.

Nous peinons à faire le décompte. Certains corps sont méconnaissables, d'autres en lambeaux.

Chaque semaine, des obsèques ont lieu. Chaque semaine, des familles en ressortent brisées. Il est trop tôt pour que je me réjouisse de notre survie. Les fantômes de nos camarades disparus me hantent encore.

Égoïstement, j'aurais voulu que les cadavres ne soient que des étrangers. Mais la guerre est juste, d'une certaine manière. Elle ne laisse personne indemne.

Pas même les survivants.

— Maîtresse, tenez-vous à mon bras.

J'enroule une main autour de l'armure de Lana.

— Emmène-moi au jardin, s'il te plaît.

— Par ce temps ? Il neige.

Un demi-sourire se dresse sur mon visage, signe de mon obstination perpétuelle. Elle soupire, résignée.

— Bien, je vous escorte, mais à une condition : que vous enfiliez une cape sur vos épaules.

Je hoche la tête et elle interpelle un garde dans la foulée afin qu'il m'apporte de quoi me couvrir. Aussitôt dit, aussitôt fait. Lana me guide à travers les couloirs et je me cramponne à elle comme à une bouée.

— Avais-tu des tâches à exécuter avant que je ne te prenne en otage ?

— Non, j'ai pris ma journée.

Je hausse les sourcils, surprise.

— Pourquoi ? Il y a tant à faire depuis…

— Hélios est mort. L'armée de l'eau n'a plus de vice-général à qui se référer en cas de pépin. L'anarchie commence à gagner les rangs. Chacun donne son avis et personne n'écoute. Entre le traumatisme de la guerre, le deuil et la restructuration de l'armée, les chevaliers sont à cran et s'irritent facilement. Le chef Rolzhausen vient régulièrement nous transmettre ses directives, mais il ne peut pas être partout à la fois, alors il souhaite que je le remplace en son absence. Que je réinstaure l'ordre.

— Daphnis te propose d'être son bras droit, c'est un immense honneur !

— Je n'ai pas encore accepté. Ce sont de lourdes responsabilités, il faut que je pèse le pour et le contre.

Je cherche à tâtons ses mains, et après plusieurs échecs consécutifs, Lana me les tend d'elle-même.

— Tu mérites cette promotion. Parmi les gardes, il n'y a que toi qui puisse tenir ce rôle.

— Je sais. C'est pourquoi j'hésite.

Un rire complice nous assaille les côtes.

— Tu as aussi le droit de refuser. Il s'agit de *ton* avenir. Fais ce qui sera le mieux pour toi.

Ses doigts se crispent sur les miens.

— Quelle plaie… Comment puis-je savoir si mon choix est le bon ?

— Tu ne le sauras pas. Il n'y a pas de bon choix, seulement différents chemins à emprunter.

— Et quel chemin me rendra heureuse ?

— Peut-être que tu ne seras pas satisfaite de ton choix. Peut-être même que tu seras déçue. Mais c'est en avançant, qu'importe le chemin, qu'on finit par trouver ce qui nous convient. Et au pire, il n'est jamais trop tard pour faire demi-tour.

— Vous avez raison. Merci, maîtresse.

En franchissant le seuil du palais, la fraîcheur de la brise me hérisse les poils. Mes cheveux tombent en cascade sur mes hanches, me protégeant à peine de la chevauchée du vent. Je me détache de Lana puis avance seule dans le couloir de terre serpentant entre les plants de légumes.

L'hiver est rude, mais je l'ai apprivoisé. Il ne me terrorise plus autant qu'avant, car j'ai appris — au prix de longues journées d'effroi et de nuits sans sommeil — à le dissocier du *Recovery* et de la guerre. Je m'efforce de me forger des souvenirs agréables, afin d'effacer les anciens. Les paumes ouvertes vers le ciel, j'accueille les flocons qui se fondent dans le velours de mes gants.

L'humidité me rassérène. Si je ne puis discerner notre monde, je me souviens toutefois de ce qu'il a été. Et ces images-là ne disparaîtront jamais.

— Souhaitez-vous vous rendre à la serre ?

Sa demande me ravit autant qu'elle m'ébranle.

Je n'ai plus la moindre autonomie.

Où que j'aille, j'ai besoin d'une escorte.

— Nous pouvons aussi retourner à l'intérieur, si vous préférez.

Ma poitrine se comprime.

— Oui, faisons cela.

Je rabats ma capuche sur mon crâne et pivote sur mes talons. Lana s'empresse de saisir mon bras, alors je lui adresse un maigre sourire avant de tourner la tête.

Si je me fie à mes sens et à mes connaissances, à peine quelques mètres nous séparent de l'entrée. Mais je ne peux deviner où je mets les pieds. Lorsque ma botte piétine une racine par inadvertance, mon cœur tombe.

Moi qui passais mon temps à choyer les plantes, je suis devenue un *danger* pour elles. Je les blesse sans le savoir. Et ceci est la vie que je mènerai jusqu'à la fin de mon existence.

— Marchons doucement, *suggère ma sœur.*

Je hoche la tête, mutique.

Pour la première fois, je réalise le poids de mon sacrifice. Et même si c'était pour la bonne cause, même si la paix règne à nouveau sur notre continent, j'ai mal.

Affreusement mal.

Un jour, je m'y ferai.

Un jour, je l'accepterai.

Mais aujourd'hui, j'ai mal.

— Attendez, vous avez une tache sur la joue.

Elle essuie la zone concernée avec son pouce.

— Voilà, il n'y a plus rien.

Plus rien.

— Merci, Lana. Que ferais-je sans toi ?

Rien.

Je caresse mon manteau pour chasser les plis par habitude, mais je m'arrête soudain dans mon geste.

Y a-t-il seulement des plis ?

Une goutte, et le vase déborde.

Une larme, et le chagrin l'emporte.

— Maîtresse, vous allez bien ?

Ma voix reste coincée dans ma trachée.

Et je craque.

***

Daphnis veille à son bureau jusque tard dans la nuit. Outre la paperasse, il croule sous les demandes du peuple. Les petits problèmes s'accumulent, puis enflent jusqu'à devenir urgents. Il est sollicité de tous les côtés, encore plus qu'avant. D'après les rapports d'Éléonore, ses cernes ne cessent de s'assombrir — et ce, malgré mes remontrances sur la négligence de son sommeil.

À défaut de l'aider dans la gestion de son palais, je réfléchis à des compromis quand il y a un litige entre deux habitants et je lui soumets des solutions lorsqu'une requête délicate lui a été adressée. Nous conversons des heures durant et parfois, je suis si impliquée que je fais nuit blanche à ses côtés. Au moins, dans ces moments-là, il consent à dormir avec moi le lendemain.

Si je n'avais pas emménagé avec lui, il aurait été dans un piètre état. Je ne suis même pas sûre qu'il serait encore debout à l'heure actuelle.

Le temps que j'achève ma toile, les pieds de son fauteuil en velours grincent contre le granit, signe qu'il s'arrête de travailler.

— Quelle heure est-il ?

— Minuit passé.

— Passé de combien d'heures ?

Il grogne dans sa barbe rasée à blanc — tâtée par moi-même lorsque je m'endors dans ses bras.

— Trois heures.

— Mieux qu'hier. Il y a du progrès.

— Cette situation est temporaire, *me promet-il.*

— Je m'inquiète pour toi. À juste titre, puisqu'à deux reprises, tes chevaliers ont dû te porter jusqu'ici.

— Ce n'était pas *si* grave.

— Tu étais inconscient.

— J'avais les yeux fermés, nuance.

— Ton humour est aussi aiguisé que celui de…

Je m'interromps, la gorge nouée.

— Ignis, *achève-t-il à ma place.*

Le matelas se creuse sous son poids. Il m'ôte des mains pinceaux et palette de couleurs, puis pose sa tête sur mon épaule. Son pouce effectue de légères pressions sur ma nuque afin de masser mes articulations.

Apaisée, je me laisse tomber en arrière. Mon dos se heurte alors à son torse.

— J' 'espère que ce ne sera pas malvenu, mais…

— Malvenu ?

— Je voulais rendre ton quotidien plus… *confortable* ? Ce n'est pas grand-chose, peut-être même que tu ne t'en serviras pas.

Un éclat de rire jaillit de ma gorge à l'entente de son discours alambiqué.

— Daphnis, qu'as-tu fait ?

— J'ai commandé un outil à mon forgeron. Il l'a fabriqué sur mesure, en se basant sur les renseignements que je lui avais fournis au préalable. Aussi, bien que ce ne soit qu'un maigre détail, sache que sa poignée est en cuir pourpre.

Joignant le geste à la parole, il se lève afin de me tendre son précieux cadeau.

Intriguée, je saisis l'objet de métal et le palpe de haut en bas. À la fois long et fin, il m'évoque une épée ou une lance, à l'exception près que je ne parviens pas à trouver la lame.

— Serait-ce… un nouveau type d'arme ?

— Non. Sauf si tu le souhaites.

Je fronce les sourcils, à court d'idées.

— En fait, c'est une canne de marche. Je me suis dit que tu te sentirais plus libre de circuler dans le palais et même ailleurs grâce à elle. Elle a été conçue pour les personnes aveugles.

Il baisse d'un ton en prononçant le dernier mot, comme s'il avait peur de me brusquer.

— Tu peux le dire, tu sais. C'est ce que je suis à présent : aveugle.

— Tu ne te réduis pas à ta condition physique.

— Certes, mais elle fait partie de moi désormais. Si j'ai encore du mal à l'accepter, je me porte bien.

Je déglutis, les épaules tendues.

Assez. Plus de mensonges.

— Non, je ne vais pas bien. Mais cette canne en métal… Elle est parfaite. Grâce à toi, je vais retrouver un soupçon d'autonomie. Rien qu'à l'idée d'errer dans les couloirs, *seule* et *libre*… Crois-moi, cela n'a pas de prix.

J'entrelace nos doigts, esquissant un sourire qui semble le rassurer, si je me fie à ses battements de cœur.

— L'aigle de Zéphyr m'a transmis une lettre tôt ce matin. Il souhaite que nous nous réunissions autour d'une table pour un rendez-vous diplomatique. La mort d'Ignis et Kora pose des soucis de logistique. Les traités rédigés par nos prédécesseurs nous indiquent la marche à suivre dans ces cas-là, et il s'avère que les phénix ont voix au chapitre pour désigner les nouveaux chefs, tout comme les vice-généraux de Lumina et Ebena.

— Un conseil de phénix sans deux des siens, ce sera une première. Les pourparlers risquent de durer une éternité.

— Les votes devront être unanimes. Considérant notre fâcheuse tendance à être en désaccord les uns avec les autres, il vaut mieux prévoir des bagages. Nous irons à Opale ce vendredi, à l'aube.

J'acquiesce d'un hochement de tête, absente.

— Cette réunion rendra la situation… *réelle*.

Un soupir. Puis, un silence.

— Il avait pour habitude de m'envoyer son aigle à tout bout de champ, chargé de missives inappropriées. Il ne s'écoulait guère une journée sans un « n'oublie pas de manger, bibou » ou un « peux-tu me livrer un stock ou six de caoutchouc ? Mon usine de préservatifs est en pénurie ». Pour moi, sa mort est plus que *réelle*.

— Daphnis…

Je glisse une main dans sa chevelure céruléenne, lui procurant un massage improvisé du crâne à défaut de le soulager de son chagrin.

— Je me plaignais souvent du fait qu'il était très présent dans ma vie, mais en vérité, j'étais heureux que quelqu'un se soucie autant de moi. Nous étions comme chien et chat, et pourtant, je me sentais davantage à ma place avec lui qu'au sein de ma famille de sang. Même avec Nabil, je n'ai jamais eu ce genre de relation.

Sa pensée s'éteint avant qu'il ne la formule.

Il a dû faire le deuil de son frère d'armes dans la précipitation, sans digérer son départ. Sa souffrance n'a pas eu le temps d'éclore qu'il a dû la museler. Il regrette que Nabil soit parti avant qu'ils ne puissent se retrouver et renouer le fil de leur amitié. Il regrette que tout se soit terminé avant même de commencer. Car dans un monde différent, Ignis et Nabil auraient été amis. Et ils auraient été le trio le plus déjanté du continent.

— Ignis était le boute-en-train du groupe.

— Un pot de colle, surtout.

— Vraiment ? *demandé-je, peu convaincue.*

— Plutôt une plante envahissante qui polluait et illuminait mon jardin à la fois.

Je le serre dans mes bras, aussi tremblotante que lui. Si nos liens ne sont guère comparables, le sentiment reste le même. Notre douleur se conjugue au pluriel.

— Tu sais… Ignis avait le don de m'énerver sans fournir d'efforts. De nous balancer des insanités lorsque la situation exigeait au contraire le plus grand sérieux. Il faisait partie de ces gens que l'on croit invincibles. Sauf qu'il ne l'était pas.

Sa voix se brise au fil de ses mots.

Mes caresses redoublent alors d'intensité.

— Personne ne l'est, *murmuré-je.*

Ses doigts s'agrippent à ma robe bleue de cobalt, geste qui fait écho à une scène de notre passé.

À l'époque, il n'avait personne.

Aujourd'hui, il ne lui reste que moi.

— Nous n'avons été proches que quelques mois, mais il me *manque*. Et je ne sais pas comment réussir à vivre avec ce manque.

Pendant des années, ils ont été dans une relation conflictuelle à cause de malentendus et des tensions qui planaient entre leurs villages. Quand ils ont enfin appris à se connaître et s'aimer, l'univers les sépare sans un au revoir. Comment tourner la page d'un livre que l'on ne pourra jamais lire en entier ?

— À moi aussi, il me manque. Beaucoup. Quand j'y pense, nous sommes partis comme des voleurs. Kora était peut-être encore en colère contre nous ? Zéphyr n'a pas pardonné notre fuite, et s'il n'a pas coupé les ponts, c'est uniquement grâce à mon sacrifice. Il faudra ramer pour raviver sa confiance à notre égard. Alors, j'aurais aimé échanger quelques mots avec Kora avant que… Elle était un véritable modèle pour moi. Elle m'a défendue et soutenue. L'ai-je seulement remerciée ?

Il resserre notre étreinte, enfouissant ses lèvres à l'orée de ma clavicule pour y déposer un baiser.

— Je l'ignore. Le temps n'attend guère que nous soyons prêts pour nous arracher ceux auxquels on tient.

— Crois-tu que leurs âmes soient en paix ?

— Il le faut. C'est la seule chose qui me permet de… Il le faut, *conclut-il, la gorge enrouée.*

L'obscurité laisse place aux souvenirs.

Et mon cœur s'effrite à chaque nouvelle image.

Les rires. Les débats. La coalition.

Les soirées. L'espionnage. Les stratégies.

Les surnoms. Les taquineries. La solidarité.

Nous étions une famille.

— Il le faut, *répété-je.*

Le silence n'est rompu que par nos sanglots.

Nous devons survivre à l'après.

Si ce n'est pour nous, faisons-le pour eux.

Chapitre 15

Daphnis

Le palais de Zéphyr est comme neuf. La bataille qui a saccagé sa tour de cristal n'est plus qu'un lointain souvenir, effacé par la magie de l'Opalin.

Dès notre arrivée, nous sommes accueillis par le vice-général Honor, dont les traits se sont creusés. Nous renonçons au banal « comment vas-tu » qui n'amènerait rien de positif ou d'honnête, autant de son côté que du nôtre. La pelouse synthétique crépite sous nos talons au fil de nos pas. C'est au fond du couloir du premier étage que notre périple s'achève. Les autres convives arrivent peu de temps après nous.

Tous assis autour d'une table ronde en verre, les mains croisées, l'honneur d'ouvrir les négociations a été attribué au vice-général de l'armée du vent :

— Bonjour à tous. Je vous souhaite la bienvenue au sein de notre palais. J'espère que vous avez fait bon voyage. Mon général ici présent m'a chargé de présider le conseil en raison de sa surdité. Il exprimera son avis par le biais d'une ardoise et d'une craie. Une question ?

Nous secouons la tête comme un seul homme.

— Bien, alors commençons.

Honor se racle la gorge, et l'assurance qu'il avait érigée éclate en mille morceaux. Chassez le naturel et il revient au galop. Son teint rougit à vue d'œil, tandis que ses bégaiements se succèdent.

— Excusez… Excusez-moi. Reprenons.

Nouveau raclement de gorge.

Le sourire de Cordélia l'encourage à persévérer.

— Premier point : le peuple réclame des faveurs auprès des phénix pour compenser les dommages de la guerre et les pertes subies. En haut de la liste, ils veulent que le fenkaly soit enseigné dans tous les établissements scolaires afin que les enfants entre 5 et 15 ans accèdent à cette source de savoir sans distinction entre les riches et les pauvres. Les villages de Pandora et Opale sont les plus lésés au niveau de l'éducation, alors ils aimeraient que ces différences s'estompent à l'avenir.

Nous validons rapidement cette requête.

— Ils insistent également pour que les frontières restent ouvertes de façon permanente afin d'entretenir le commerce international et les visites de courtoisie.

— Soit, c'est dans la continuité de notre dernier traité, *approuvé-je.*

Mes confrères s'abstiennent de commentaire.

— Parfait. Poursuivons, *marmonne Honor d'une voix aussi fluette qu'indécise.* En ce qui concerne les prisonniers, une forme de tolérance est exigée. Hum… Ils aimeraient que leur peine soit réduite, du moins pour les citoyens dont le seul péché a été de s'opposer à notre régime de manière radicale.

Des grognements dubitatifs parcourent la salle.

— Ebena n'est pas connu pour sa souplesse, *ose souligner Lysandre.*

Son chignon a été amarré à la hâte, lui conférant un air moins strict qu'il l'aurait voulu. L'après-guerre a des propriétés énergivores. Le temps nous file entre les doigts, et c'est notre allure qui en pâtit.

Même ses yeux vairons sont dépourvus d'éclat.

— L'heure est aux changements, *intervient avec fermeté Cordélia.* S'accrocher à de vieilles traditions ne nous aidera pas à satisfaire le peuple. Un peuple qui, je vous le rappelle, est très rancunier.

— La hiérarchie existe pour une raison. Si nous nous plions à toutes leurs exigences, nous ne serons pas à l'abri d'un soulèvement. Dès lors qu'ils croiront avoir l'ascendant sur nous, ce sera l'anarchie, *rétorque-t-il.*

— Il y a un fossé entre répondre à leurs désirs et alimenter la terreur pour qu'ils se tiennent à carreau. Ils ne réclament pas la libération des détenus, seulement la réduction de peine. C'est un beau compromis.

— Madame Delpierre n'aurait pas apprécié.

Un chevalier du vent, debout à côté de Zéphyr, lui rapporte tous nos dires depuis le début de la réunion, et s'il n'avait eu aucune réaction jusqu'à présent, il sort cette fois son ardoise pour griffonner dessus : « Kora est morte. Argument invalide. »

Sa réplique jette un froid sur l'assemblée.

Lysandre déglutit, le dos voûté.

Honor, lui, se sent de moins en moins à l'aise.

— Hum, procédons au vote. Levez la main pour dix ans de remise. Enfin, si cela vous convient ?

Son ton interrogatif engendre le mécontentement de son général, qui l'assassine du regard.

Conscient du problème, il s'empresse d'ajouter :

— Vous avez cinq minutes pour y réfléchir.

Sa voix s'est aussitôt raffermie.

Il faut le pousser un peu, mais Honor est capable de faire preuve d'autorité quand il y met du sien.

Je suis le premier à affirmer mon accord, talonné par Cordélia et Zéphyr. Aïdan plisse le nez d'hésitation, mais finit par nous rejoindre. Seul Lysandre reste campé sur ses positions.

— Cinq ans. Je n'irai pas plus haut.

Nous soupirons de connivence.

Un compromis dans un compromis, ce n'est pas de bon augure pour la suite des négociations, mais nous acceptons de revoir notre clémence à la baisse.

Honor rédige le compte rendu au fur et à mesure que les différents points sont abordés, car il a été décidé que Zéphyr nous envoie une copie par vol d'aigle. Pour ma part, je me déleste avec joie de cette tâche. Ma main droite souffre encore des parchemins que j'ai noircis au cours de ces deux interminables semaines.

— Cinq ans, donc. Passons désormais à la raison principale de votre présence ici : la succession.

Chacun se redresse sur son siège, oubliant le mal de dos qui nous guette — le verre est beau, mais pas des plus confortables.

— Y a-t-il des prétendants au poste de Kora ?

— Sa fille n'a que huit ans. Elle est actuellement sous la tutelle de son précepteur, alors je me propose en tant que chef provisoire, le temps que Mirabelle atteigne la majorité nationale, fixée à 16 ans.

Lysandre joue avec les fleurs de papier ornant la table. Des petits bouts sont arrachés puis laissés ici et là. Zéphyr n'appréciera pas son manque de précaution vis-à-vis de la propreté des lieux. Le regard sévère qu'il lui lance confirme d'ailleurs mes propos.

Le fait que le vice-général d'Ebena se positionne aussi vite en tant que dirigeant provisoire me gêne. Il ne prend même pas en considération les autres candidats.

D'autant plus qu'il y en a *une* dans cette pièce.

— Mais Cordélia pourrait également prétendre à ce titre, puisque son village a été annexé à Ebena. Enfin, si elle le souhaite, bien sûr, *m'interposé-je.*

Elle frotte ses ongles sur la surface lisse, s'ensuit un grincement aussi long que désagréable.

Dans son langage, cela signifie qu'elle se serait volontiers passée de ma revendication.

— Je ne suis pas en état de diriger, et même si ça avait été le cas, cette fonction ne concorde pas avec mes désirs sur le long terme. J'appuie donc la candidature de Lysandre.

En l'absence d'arguments concrets, personne ne s'y oppose. Honor hoche la tête, et nous suivons tous le mouvement. Le débat est clos.

Cordélia maintient sa tête haute, impassible. Son corps, d'ordinaire incliné dans ma direction, est tourné vers son voisin de gauche, Aïdan. J'ai appris à analyser ses réactions corporelles : à cet instant, elle est agacée.

Je presse sa main en guise d'excuses, et c'est un charmant sourire que je reçois en retour. Mais je ne suis pas dupe, nous en reparlerons à la maison. Comme nous le faisons toujours après une friction.

— Il ne nous reste plus qu'à désigner le nouveau chef de Lumina, *s'extasie Honor, dont la présidence du conseil pèse sur l'âme.*

Heureux comme son bras droit que la discussion arrive bientôt à son terme, Zéphyr se hâte de rédiger un court texte sur son ardoise : « Nul besoin de tergiverser. Le successeur est tout trouvé : Aïdan Schwartz ».

Le concerné blanchit à vue d'œil.

Ses boucles noires encadrent son visage juvénile aux traits tirés de fatigue. *N'a-t-il pas vingt-deux ans ?* Fascinant, comme la guerre nous vieillit plus vite que le temps. Désolant, qu'elle nous vole notre jeunesse.

— Cela coule de source. Il est à la fois son fils adoptif et le vice-général de l'armée de braise, si je ne m'abuse, *renchérit Lysandre.*

— Il a le patriotisme dans le sang, *chuchote avec conviction Honor.*

Ma compagne claque sa langue contre son palais sous le doux effet de l'indignation.

— Vous lui demandez de prendre la place de son père, alors que moins d'un mois s'est écoulé depuis son trépas. Cet homme est en deuil, le strict minimum est de lui laisser la possibilité de dire « non ».

Cordélia pose sa main sur son épaule.

— Aïdan, quoi que tu décides, nous respecterons ton choix. Prends le temps dont tu as besoin.

Il recouvre aussitôt ses doigts fins avec son gant grenat almandin, puis resserre son étreinte en fixant un point dans le vide.

— Il me faisait confiance. Pas une seule fois il n'a remis en question mon intégrité, mes valeurs ou mes compétences. Je lui dois *tout*. Jamais plus je ne pourrais me regarder dans une glace si je laissais les commandes à un autre. C'est à moi que revient cette tâche, et je jure de la mener à bien. Disons que c'est un juste retour des choses, *achève-t-il d'une voix rauque.*

— Alors, il semblerait que nous soyons tous sur la même longueur d'onde.

Honor se racle la gorge, puis se lève de son siège afin de clôturer cette réunion comme il se doit.

— À moins que l'un de vous ait quelque chose à ajouter, le premier conseil de l'année est terminé.

Les chaises raclent le sol, et la porte s'ouvre.

Pendant ce temps, je demeure inerte.

Les mots d'Honor hantent ma mémoire.

« Le premier conseil de l'année ».

Une année sans Ignis et Kora. La guerre a signé la fin de notre ère. La lignée de l'Écarlate s'est éteinte avec mon frère de cœur et aujourd'hui, nous ne sommes plus que quatre. Bientôt, le Pourpre et l'Azuré suivront, car nous n'avons pas l'intention de procréer. Un à un, les phénix disparaîtront de nos terres.

Sans laisser de traces.

***

— Comment se porte Aïdan ?

L'écho de ma voix rebondit contre les murs de la chambre. Les mains affairées à défaire ma lavallière, je m'affale sur mon divan sans ôter mon manteau ou mes bottes au préalable. Les déplacements par voie aérienne sont toujours aussi éreintants.

— Aussi bien que possible, *soupire-t-elle en me rejoignant.*

— Mal, donc.

Son bras s'enroule autour de mon torse. Dans un élan de tendresse, je parsème sa peau de chastes baisers.

— Notre échange privé a réveillé son chagrin. Je l'ai surpris en larmes au détour d'un couloir à peine une minute plus tard. C'est lui qui m'a remarquée, et il était soulagé que ce soit moi qui le découvre, puisque j'avais déjà entrevu cette facette-là de sa personnalité. Il aurait été encore plus mal si cela avait été toi ou Zéphyr, sans vouloir t'offenser.

— Je comprends.

Elle redresse son buste puis s'éloigne, glissant sa main dans la poche de son pantalon, tandis que l'autre empoigne sa canne en métal.

— Nous devons parler, toi et moi.

Sa voix gronde tel un éclair fendant le ciel.

Je crains que mon heure ne soit venue.

Dans cette situation, le mieux est de prendre les devants et de faire profil bas :

— Je te présente mes excuses.

— Sais-tu au moins pourquoi tu t'excuses ?

Ignorant s'il s'agit ou non d'une question-piège, je préfère opter pour le silence stratégique. Hum, pas si stratégique, vu qu'elle grogne dans sa barbe inexistante.

— Écoute, j'apprécie que tu veuilles faire valoir mes droits, mais si j'avais voulu que l'on me prenne en compte dans l'équation, je l'aurais signalé moi-même.

— Sur le moment, j'ai été outré que Lysandre ne mentionne même pas ta possible candidature.

— C'est vrai qu'il ne l'a guère envisagé.

— Exactement.

— Mais c'était à moi d'intervenir, pas toi.

Une chape de plomb tombe sur mes épaules.

Le problème est donc que je me suis exprimé en premier. *Avant* elle. Je l'ai infantilisée par mégarde, et c'est bien la dernière chose que je souhaite.

— Tu as raison, *admets-je*. Le message est clair. À l'avenir, je ne m'immiscerai plus dans un débat qui ne me concerne pas. En revanche, ne t'attends point à ce que je reste les bras croisés si quelqu'un te frappe ou te manque de respect en ma présence.

Un sourire rehausse le coin de ses lèvres.

— Marché conclu.

Le pli qui barrait mon front s'évanouit. Ma tête retombe mollement en arrière et je soupire, apaisé.

— Quand prévois-tu de faire ton discours ?

— Le peuple d'Azura raffole des potins, et il se révèle conciliant lorsque je lui fais part des actualités du continent, alors j'ai demandé à mes chevaliers de l'eau de rassembler tout le monde pour dix-sept heures trente.

— Hum, je vois, *murmure-t-elle, pensive.*

Son regard s'égare sur l'horloge murale, dont les aiguilles affichent seize heures et des poussières.

— Il nous reste donc un peu de temps.

— Pour ?

J'entrouvre les lèvres, soudain à court de salive. Des pensées impures obscurcissent mon jugement, mais j'ai beau les chasser, elles reviennent au galop.

Contiens-toi.

— Te souviens-tu de ma déclaration de refus ?

Mon esprit se disperse, m'ensevelissant sous les images de la réunion de ce matin, qui a été plus fluide et rapide que je ne l'espérais. Quelques secondes plus tard, je hoche la tête, étonné de ne pas lui avoir déjà posé la question.

— Quels sont tes désirs sur le long terme ?

Elle se rapproche d'un pas, la main ferme autour de sa canne.

— Azura est ma maison. Nous vivons ensemble depuis des mois et je me sens bien ici, avec toi. Mais je tiens à retourner à Pandora, disons, une fois par mois à partir de maintenant. Je pourrais passer une semaine là-bas et les trois suivantes dans ton palais. Qu'en penses-tu ? Cette dynamique te conviendrait ?

— Je n'ai pas mon mot à dire, mais sache que je te soutiens dans cette décision. Pandora est également ta maison. C'est tout à ton honneur de garder un lien avec tes racines. Et, j'insiste, tu n'as pas besoin de mon aval.

Un nouveau pas.

Avec un demi-sourire en prime.

— Je n'en attendais pas moins de toi.

Un flash me traverse.

Des paysages défilent, puis des phrases.

Bribes de nos premières conversations.

Une époque à la fois proche et lointaine.

— Est-ce tout ?

— Non, ce n'est pas tout.

— Je t'en prie, crache le morceau. Sinon, je vais songer au pire.

— Nous ne sommes pas à l'abri du pire, en effet.

Si elle voulait me mettre la pression, c'est réussi.

Sans crier gare, elle lâche sa canne.

Et pose un genou à terre.

Je me précipite à son chevet, alerté. Du pouce, je tâte sa cheville en exerçant de légères pressions ici et là.

— Aurais-tu fait une chute dans les escaliers ?

— Une chute ?

Elle me dévisage, ahurie.

— Daphnis, je…

Un oiseau passe.

Elle se racle la gorge, gênée par une mucosité.

— Daphnis, je ne saurai concevoir une nuit sans toi à mes côtés, ni un foyer sans ton parfum.

Mon cœur se comprime dans ma poitrine.

J'ignorais que la distance l'effrayait à ce point.

— À Pandora, tu dormiras seule… Crains-tu que tes cauchemars ne reviennent à la charge ?

— Eh bien, oui, mais…

— Je ferai coudre une peluche. Et je demanderai à Éléonore de chercher un lot de bracelets luminescents au marché de la capitale afin de chasser les ténèbres. Si je te manque, je peux… Chaque matin, je m'engage à t'envoyer une lettre parfumée, *promets-je*.

— Merci. C'est… délicat de ta part.

— Ne le suis-je pas d'ordinaire ?

— Si, bien sûr ! Ce n'est pas ce que j'insinuais.

Elle secoue la tête, frustrée.

— Écoute…

Une nuée de colombes s'envole.

La tempête se dissipe, le calme s'installe.

— Nos âmes ont été faites pour se comprendre.

— Serait-ce ta nouvelle technique pour amorcer une mauvaise nouvelle ? Je ne t'en voudrais pas, si tu as cassé des outils de jardinage. Nous ne sommes plus à un instrument près.

— Je n'ai rien cassé !

Elle hausse le ton, agacée :

— Pourrais-tu me laisser terminer, s'il te plaît ?

Je referme la bouche, comme un enfant que l'on réprimande après une bêtise.

— Finalement, je reviens sur mes paroles : nous ne nous comprenons pas. Du moins, pas aujourd'hui.

— Es-tu fâchée ?

— Crois-moi, je m'efforce de ne pas l'être. Mais je ne renoncerai pas, car malgré les obstacles, je ne peux plus reporter ce projet à demain, surtout maintenant que j'ai parcouru la moitié du chemin. Tu commences à me connaître, je ne suis pas du genre à baisser les bras pour si peu. Donc, est-ce que tu…

Trois coups retentissent par-delà la porte.

C'est la goutte de trop pour Cordélia.

À court de patience, elle lâche :

— Par tous les phénix, je ne parviendrai jamais à prononcer mon discours sans être interrompue, que ce soit par toi ou par un chevalier de ton armée, alors enfile cette bague et marions-nous !

Son teint rosit aussitôt.

De rage ou d'embarras, je ne saurais trancher.

Sûrement les deux.

Elle sort un coffret en velours de sa poche, puis l'ouvre, dévoilant une magnifique alliance mi-azur mi-pourpre. Mes pupilles se verrouillent au bijou de métal, tandis que mon corps se fige.

— Pardon ?

Elle baisse la tête, déçue par ma réaction.

— Dois-je prendre cela pour un « non » ?

— Non, bien sûr que non !

Une larme point au coin de son œil. Elle regrette déjà de m'avoir fait sa demande.

Sombre imbécile, tu as gâché sa demande !

— Tu m'excuseras, je ne suis pas une lumière en ce qui concerne les relations humaines, alors prenons le temps de récapituler : « non » n'était pas ma réponse.

Elle lâche un soupir de soulagement.

Et moi de même.

Nous avons frôlé la catastrophe.

— Tu as été plus rapide. Ce cachottier de Tristan a-t-il conspiré avec toi sur ce projet ? Il a dû rire, quand je lui ai transmis tes mesures pour la même requête.

— C'est auprès de lui que je me suis rendue, en effet. Tu m'as toujours vanté ses mérites et il connaît tes mesures par cœur. Mais si tu avais la même requête…

Je souris, bien qu'elle ne puisse le voir.

— Cela signifie-t-il que ta réponse est « oui » ?

À peine achève-t-elle sa phrase que je m'empare de l'alliance pour la glisser à mon annulaire gauche.

— Je serais le plus heureux des hommes, si tu as toujours envie de m'épouser, *affirmé-je en cueillant son visage pour l'embrasser.*

Trois coups retentissent à nouveau, nous coupant dans notre baiser. Nous rions devant l'étrangeté de cette demande en mariage, et si la bienséance exige que je me lève pour ouvrir à notre invité mystère, ou au minimum que je daigne lui répondre, je reste agenouillé au sol, les yeux affairés à contempler ma future épouse.

Qui que cela puisse être, il attendra.

— Mon Général, il semblerait que vous ayez une autre annonce à faire au peuple ce soir, *se moque-t-elle.*

— Ma chère et tendre fiancée, je crains qu'il ne faille impérativement votre présence ce soir. L'étiquette exige que toute personne mentionnée par le général se tienne sur l'estrade auprès dudit général.

— Misère ! Me voilà dans de beaux draps.

Nous rions de plus belle, et ma bouche engloutit ses éclats pour les fondre dans les miens. Ni le vent qui s'acharne contre ma fenêtre, ni l'appel de mon chevalier ne parviennent à me détacher d'elle.

En cet instant, notre bonheur éclipse le reste.

Autant le savourer avant qu'il ne disparaisse.

Chapitre 16

Cordélia

La guerre est imprévisible. Certaines personnes sont si confiantes et aguerries qu'on est persuadés de les revoir et puis d'autres, on leur dit adieu avant même que la bataille n'ait lieu. Éléonore fait partie de ces guerriers pour lesquels j'avais peu d'espoir. Elle n'a même pas eu le temps d'apprendre à combattre avant de se jeter dans la fosse aux lions. Sa survie est un miracle. Ou plutôt, le fruit de la vigilance de Lana, qui a veillé sur elle vingt-quatre heures sur vingt-quatre.

Pour autant, ma camériste n'a rien à envier à ses frères d'armes. Elle les a tous impressionnés. Même ma sœur ne tarit pas d'éloges à son sujet, et seul le ciel sait combien elle est avare de compliments.

Sa bravoure l'a épatée.

Et moi, je suis aussi admirative que soulagée.

Compte tenu de la menace qui planait au-dessus de nos têtes, je ne suis pas si mal lotie au terme de cette bataille. J'aurais pu perdre plus. Tellement plus.

— Mademoiselle, faites-moi confiance ! Aucune chambrière au sein de ce palais ne connaîtrait mieux vos préférences et votre *liste noire* que moi. Pas de tulles, ni de bijoux. Encore moins de froufrous. Votre maquillage sera léger et votre teint, naturel. Quant à la robe, laissez-moi vous montrer ce que j'ai commencé à confectionner depuis quelques jours…

Ses pas dansants englobent l'espace. Tantôt vers la droite, tantôt vers la gauche, je ressens son exaltation sans bouger d'un poil, juste en étant sagement assise sur le divan de ma chambre — annexée à celle de Daphnis.

— Ah, voilà le joyau du continent ! *s'exclame-t-elle, à bout de souffle.* Tenez-vous prête, mademoiselle, car vous n'en croirez pas vos yeux !

— Éléonore, je ne vois rien.

Mon murmure résigné n'entache guère sa bonne humeur. Au contraire, elle réplique avec aplomb :

— Certes, mais vous pouvez imaginer au travers du toucher. Faites-moi confiance.

Peut-être est-ce la douceur de sa voix. Peut-être est-ce mon besoin d'y croire, ou encore ces trois mots qu'elle répète avec tant d'assurance, mais je la laisse me guider sans émettre la moindre réserve.

Sa main caresse la mienne, puis m'emmène dans les divers pans de tissu qui constituent son œuvre.

— Il manque des finitions, mais le plus gros du travail a été réalisé. Ici, nous avons un bustier bleu pâle, brodé dans de la soie, soutenu par des manches longues en clochette. Je me suis inspirée des edelweiss, car elles symbolisent votre victoire contre le *Recovery*.

Je hoche la tête, captivée par sa description.

— Par ici, nous avons la ceinture drapée, qui sert davantage d'ornement que d'outil de resserrage. Elle est de couleur bleu pâle également, du moins à la naissance du tissu, car elle se dégrade en un magnifique azur vers le bas. N'est-ce pas fabuleux ? J'en suis très fière !

— Si, c'est une excellente idée.

— Attendez, vous ne savez pas le meilleur ! Plus on plonge vers le bas, plus le jupon gagne en amplitude et volume. Il faut à tout prix que vous ayez l'air d'une princesse lors du jour le plus important de votre vie ! Et là où je me suis surpassée, c'est au niveau des nuances : le bleu pâle migre vers l'azur, puis vers le violet pour se métamorphoser en un pourpre élégant. Je tenais à mettre à l'honneur chacune des couleurs que vous chérissez.

En écho à ses mots, elle fait glisser mes doigts le long de l'étoffe.

— Éléonore, c'est… *impressionnant*.

— La touche finale de cette *pure merveille*, et je mâche mes mots, ce sont les glaïeuls qui parent la traîne de la robe. Lana m'a assuré que nulle fleur en ce monde ne saurait mieux vous rendre justice.

Je me pince la lèvre, essayant de retenir en vain les larmes qui cascadent sur mes joues.

— Elle est parfaite. Absolument parfaite.

— Par tous les océans ! *s'écrie-t-elle, paniquée, en soufflant sur mes yeux.* Ne mouillez pas ma sublime création ! Pas avant le mois prochain !

— Pardon. C'est juste que… Elle est incroyable. Je discerne tous les détails, comme si je la voyais en ce moment même.

— Je vous avais prévenue ! On voit en touchant. Libérez votre esprit, et il colorera votre réalité à la place de vos prunelles.

— Tu es une perle, Éléonore.

— Je sais, je sais. On me le dit souvent.

— Viens par là, *murmuré-je.*

Après avoir déposé la robe sur le dossier de l'un de mes fauteuils pour, je cite : « ne pas la froisser », elle s'engouffre dans mes bras à corps perdu.

— Que ferais-je sans ma talentueuse camériste ?

— Vous seriez vêtue comme un sac à patates.

— Éléonore !

— Je prône l'honnêteté, mademoiselle.

— Et c'est pour cela que je t'aime.

Elle renifle au creux de mon cou, émue.

— Moi aussi, je vous aime, mademoiselle.

***

Le nez saturé d'odeurs en tout genre, je hume à nouveau l'échantillon n°25.

L'arôme est fort, et donc difficile à analyser. En dépit de ma fatigue nasale, je persiste jusqu'à distinguer une note de bergamote qui me fait alors pencher vers la lavande. Je valide mon choix auprès du vieux jardinier, qui s'en est donné à cœur joie dans cet examen olfactif.

Depuis l'annonce de nos fiançailles, il n'ose plus cracher sur les jeunes ni avoir des gestes déplacés. C'est navrant qu'il faille avoir un titre et un nom pour obtenir un tant soit peu de respect de ces gens-là. Il a beau être sénile et orgueilleux, il est assez malin pour se faire tout petit en ma présence. Il sait que je veille au grain et que je n'hésiterai guère à l'attaquer en justice s'il s'avise de bafouer le consentement d'autrui.

Comme je ne peux pas avoir des yeux partout et que les prédateurs agissent dans l'ombre, j'ai conseillé aux chambrières du palais et aux soldates de l'armée de l'eau de me prévenir en cas d'attouchements.

Ensemble, nous changerons les mœurs.

— Arrêtons-nous là pour aujourd'hui.

— Comme vous voudrez, madame Deurvillier.

J'étire mes bras et mon cou, qui étaient endoloris à force de rester dans la même position. Mes enfants de feuilles et de pétales me manquaient, j'ai donc trouvé un moyen de continuer à exercer mon métier sans toutefois mettre ma santé ou celle des fleurs en péril. Grâce à ma chère Éléonore, j'ai réalisé que ma cécité n'était pas une fin en soi. J'ai toujours quatre organes sensoriels dont le potentiel était jusqu'alors endormi.

J'ôte mon tablier, prête à quitter la serre, lorsque mon collègue me hèle de sa voix caverneuse :

— Le général Rolzhausen m'a redirigé vers vous pour la sélection des fleurs qui décoreront la salle de bal le soir de la cérémonie du mariage. Il se fie à votre sens de l'esthétisme et à votre expertise florale.

— Oui, bien sûr. Prenez de quoi noter.

Mon choix se porte naturellement vers les roses bleues et les glaïeuls blancs, symboles de nos essences. Je lui explique comment disposer les bouquets ainsi que la minutie avec laquelle j'aimerais qu'il les compose. Il rédige chacun de mes mots au brouillon dans son carnet avec un croquis grossier de la salle de bal sur la page de gauche. Il promet de revenir vers moi au moindre doute, alors je lui octroie un sourire poli avant de rejoindre les allées fleuries du jardin.

— Maîtresse !

Lana surgit derrière moi, me faisant sursauter au passage.

— Vous ai-je effrayée ?

— En venant et partant comme un fantôme et en m'apostrophant avec vigueur ? Jamais.

— La discrétion est un art…

— Que tu maîtrises. Alors, dis-moi tout : qu'est-ce qui est à l'origine de ton enthousiasme ?

— Le général Rolzhausen m'a décerné ce matin une médaille d'honneur afin de louanger le travail que j'ai accompli au cours des derniers mois. Il a salué ma rigueur, ma pédagogie et mon sens aigu de la loyauté. D'après mes confrères et consœurs, il est très rare qu'un chevalier de l'eau reçoive une médaille.

— Que de prouesses ! D'abord, tu es promue en tant que vice-générale de l'armée de l'eau, puis tu reçois une médaille… Je suis si fière de toi !

— Merci pour votre soutien, maîtresse.

Je la cherche à tâtons avant de la serrer dans mes bras. Elle me rend mon étreinte avec force, son sourire dissimulé par mes cheveux, mais deviné par ma peau.

— J'en déduis que tu ne regrettes pas ton choix.

— En effet, je n'ai aucun regret. En dépit de mes responsabilités, ce nouveau rang n'implique que peu de changements dans mon emploi du temps et n'influe pas non plus sur ma vie personnelle. Vous aviez raison : il n'y a que moi qui puisse tenir ce rôle.

— Ne joue pas les modestes, je n'ai fait que dire tout haut ce que tu pensais tout bas !

— La modestie ne me sied guère au teint. Il est important de savoir ce que l'on vaut.

— Je ne puis qu'appuyer tes propos.

Parce qu'aujourd'hui, moi aussi je sais ce que je vaux.

— Puisque nous sommes dans l'effervescence, il s'agit du moment idéal pour te soumettre ma requête.

Elle rompt notre embrassade — par respect de sa limite des cinq secondes —, sans pour autant lâcher mes poignets.

— Si vous avez *encore* détruit un instrument de jardinage, je ne vous couvrirai pas. Il en va de ma fierté et de ma dignité, maîtresse.

— Par tous les phénix, mais qu'avez-vous tous à me rabâcher cette histoire ? Je ne suis pas une brise-fer ambulante !

— Admettez que votre réputation est méritée.

— Était. Elle *était* méritée.

— Vous avez tout de même battu à plate couture le « record national des maladresses » avec à votre actif dix-huit objets endommagés en l'espace de six mois.

— Tu exagères…

— Aucunement. Ce n'est pas mon genre.

— Les as-tu vraiment comptés ?

— Bien sûr. Pour la postérité.

Je lâche un soupir, mi-outrée mi-amusée.

— Je suis ravie de constater que je peux compter sur toi pour garder au chaud mes « prouesses ».

— Tout comme vous félicitez les miennes. C'est donnant-donnant.

— Je ne suis pas sûre que tes calculs soient très équitables, mais soit.

— Quel était donc votre requête ? Promis, aucun mauvais jeu de mot ne sortira de ma bouche.

— Pas d'humour noir non plus ?

— Laissez-moi au moins l'humour noir.

Je m'esclaffe, délestée du poids du quotidien.

Voici précisément ce qui renforce mes certitudes vis-à-vis de ma demande à venir. J'aime ma sœur. Pour tout ce qu'elle est, et pour tout ce qu'elle m'apporte.

— J'aimerais que tu m'accompagnes à l'autel.

Son silence traduit sa surprise.

Le vent hivernal emmêle nos chevelures dans un joyeux tourbillon, comme pour refuser de céder sa place au printemps qui se rapproche à grands pas.

Le temps s'éternise.

Les cailloux roulent de part et d'autre de l'allée.

Lana murmure un mot que je n'entends pas.

Emporté par les pinsons du Nord.

Puis, elle exerce une pression sur mes poignets.

— J'en serai honorée.

Mon cœur gonfle dans ma poitrine.

De joie. De soulagement. D'impatience.

Je ne pouvais rêver meilleur cortège que Lana.

Si mon père n'est plus là pour admirer le chemin parcouru par sa fille, ma sœur prend sa relève avec brio.

— Et moi aussi, je suis fière de vous.

Ses doigts quittent ma chair et son regard ardent, que je ne perçois qu'au travers des frissons parcourant mon échine, me couronne victorieuse.

Victorieuse de la guerre contre mes démons.

Car j'ai réussi à les faire *taire*.

Mes voix se sont estompées jusqu'à disparaître.

Aujourd'hui, je n'entends plus que la mienne.
Celle qui croit en moi.
Celle qui a *toujours* cru en moi.
Celle qui m'a aimée quand j'en étais incapable.
Regarde-moi, papa.
Après toutes ces années à vivre enchaînée…
Je prends enfin mon envol.

Chapitre 17

Zéphyr

Je n'ai jamais été un homme populaire à Opale. Si les gens ne me détestent pas, ils ne m'aiment pas non plus. En fait, je les indiffère. Tant que mon régime leur convient, que je sois jeune ou vieux, beau ou laid, gentil ou exécrable, ils n'en ont cure.

Pour eux, je ne suis qu'une tête couronnée, mais ils n'avaient jamais osé me manquer de respect, car en dépit de mon pacifisme, j'incarne une figure d'autorité.

Le souci étant qu'ils craignaient davantage mes mots que mon rang. Alors aujourd'hui, ils ne se gênent plus pour m'insulter quand je marche dans les couloirs de mon palais. En quoi est-ce drôle, de se moquer d'une victime de la surdité ? À l'évidence, je suis le seul à ne pas comprendre. Pour mes gardes, ce jeu de benêts est un « passe-temps innocent déclinable à volonté ».

J'en souffrirais, si j'accordais un tant soit peu de valeur à leur opinion sur ma personne. En l'occurrence, ils peuvent bien m'affubler de surnoms ridicules, si cela les encourage à accomplir les tâches que je leur assigne. Honor, lui, est particulièrement affecté par cette affaire.

Ce garçon a tendance à montrer les crocs quand on s'en prend à son général. Il me défend à chaque fois qu'il est témoin d'un bruit de couloir, bien que je lui aie spécifié de ne plus perdre son temps à rentrer dans leurs conversations futiles. Je ne le paie pas pour se prélasser, et encore moins pour gaspiller sa vigueur et son énergie autrement que dans son travail.

En parlant du louveteau, le voilà qui apparaît sur le seuil de mon bureau, en serrant une lettre cachetée au creux de sa main.

Pour des raisons de praticité, j'ai dressé Violette de sorte à ce qu'elle rapporte désormais mon courrier à Honor. En effet, les dernières missives ont rencontré des complications. Comme je ne pouvais pas entendre mon aigle toquer à ma fenêtre, elle patientait sagement sur le rebord durant des heures, jusqu'à ce que je remarque sa présence, ce qui est inacceptable. Elle n'a pas à pâtir de mon handicap. Une nouvelle condition de vie implique à son tour de nouvelles habitudes.

Si je dois déplorer *une* chose, c'est l'absence de musique pour bercer mes nuits et mes tourments.

Honor se balance d'un pied sur l'autre, attendant que je lui donne l'ordre de pénétrer au sein de mon nid à paperasses. *Toujours aussi indécis.*

Avec lui, j'ai parfois l'impression de faire un pas en avant pour en esquisser trois autres en arrière.

S'il a acquis un soupçon d'assurance, il a encore du mal à s'imposer, quel que soit le contexte.

D'un geste de la main, je lui intime de m'amener la missive. Il s'exécute aussitôt, s'excusant de sa latence avec des courbettes. Mon regard le gronde et il cesse ses excès de politesse dans la foulée. J'ouvre l'enveloppe, à la fois étonné et ravi d'y trouver un carton lisse avec un effet « velours » au toucher. La sensation est agréable.

— De quoi s'agit-il ? *mime-t-il avec ses lèvres.*

Sa curiosité assumée dissipe ma colère froide.

Nous ramons, certes, mais nous ramons dans la bonne direction. Tâchons de nous en contenter.

— Rien, ou rien qui mérite audience. Daphnis et Cordélia nous convient à leur mariage, *expliqué-je sans discerner le son de ma propre voix.*

Un sourire béat engloutit son visage.

— Par tous les petits sapins ! L'homme le plus charismatique du continent va épouser la femme la plus douce du continent ! *s'exclame-t-il si vite que je peine à le suivre.*

La suite de ses divagations n'est qu'un amas de postillons et de sursauts intempestifs. Cinq minutes plus tard, il se rembrunit en comprenant que je n'ai pas saisi un traître mot de son baratin.

« Pardon » *signe-t-il avec ses mains gantées.*

Il y a pile une semaine, Honor s'est inscrit à un cours sur la langue des signes auprès d'un citoyen muet du village. L'intérêt ? Communiquer avec moi de façon optimale et confortable.

Pour ma part, je me rends également à ces cours après mes devoirs du jour, soit aux environs de vingt-et-une heures. Notre professeur attitré fait donc plusieurs allers-retours par semaine entre le palais et sa demeure, mais son trajet est encadré par mes hommes et sa paie, digne de son savoir.

— Nous irons, n'est-ce pas ? *articule-t-il.*

— Oui. Pour Cordélia.

Il effectue alors un pas de danse improvisé pour exprimer sa gaieté.

D'un signe de tête, je l'autorise à disposer, mais il demeure immobile. *Désobéissance ?* Étrange.

Je fronce les sourcils, tandis qu'il sort son carnet de la boucle de sa ceinture pour rédiger son discours.

Ceci fait, il le tend dans ma direction, ouvert sur la page désirée : « J'ai beaucoup réfléchi, et vous n'êtes pas obligé de renoncer à votre passion. La musique peut être perçue sans l'ouïe. Elle est composée de vibrations, alors si vous disposez d'un outil qui reçoit et transmet les vibrations de vos instruments par le biais d'un câble, par exemple, vous reconnaîtrez les notes en posant votre main sur ledit outil. C'est un peu flou pour le moment, mais j'en ai discuté avec le forgeron et le scientifique du palais, et mon idée n'est pas aussi loufoque qu'elle en a l'air. Ils ont déjà fait plusieurs essais. Sans vous mentir, ce projet est extrêmement délicat, pénible et laborieux, mais les premiers résultats sont prometteurs. »

Mes doigts frémissent sur le papier.

L'espoir, par nature, s'oppose à mon être fait de logique et de pragmatisme. Je l'ai toujours tenu éloigné de mes ambitions et de mon avenir, donc je n'avais pas envisagé de jouer à nouveau de la flûte, de la harpe ou de je ne sais quel autre instrument. Mes calculs prennent uniquement en compte des données solides et concrètes. Ainsi, les miracles et autres joyeusetés de ce genre n'ont pas leur place dans mes réflexions. Là où des obstinés se battent, je me résigne et m'adapte.

Or, Honor balaie mes principes pour me donner un soupçon de ce sentiment que je hais. Je ne suis guère habilité à me bercer dans l'illusion d'un *peut-être*. Mais la musique représente *tout* pour moi. La clé de ma cage. Sans elle, la vie est fade. Vide. Honor m'annonce que je pourrais me *libérer* de ce vide. Que mon avenir ne sera pas nécessairement teinté de gris. Que ma survie ne sera pas complètement vaine. Alors, pour la première fois, je m'autorise à espérer. Quoi qu'il m'en coûtera.

Dans un tremblement étouffé, je lâche le carnet.

« Merci » *signé-je de ma main droite.*

Les traits de son visage juvénile se déforment de surprise et de tendresse. Ma réaction le bouleverse.

Je réalise que je ne l'avais jamais remercié avant ce jour. Pas une seule fois.

Gai comme un pinson, il pivote sur ses talons et s'apprête à quitter mon bureau. Une fois ses pieds sur le seuil, sa main à quelques centimètres de la poignée, il se retourne afin de mimer un vœu sur ses lèvres :

— Vous rejouerez de la flûte.

En six ans, il ne m'avait jamais rien promis.

Je le lui avais défendu.

Les promesses sont ma bête noire. Ces vulgaires vipères sont porteuses de mensonges. Honor a esquivé ce terrain épineux dès son premier jour, qu'il brise cet accord tacite entre nous ne peut signifier qu'une chose : quel que soit l'obstacle sur son chemin, il le franchira. Il ne laissera ni la science, ni la nature s'opposer à cette vérité qu'il a fait sienne.

Honor y croit.

Alors, j'y croirai.

Chapitre 18

Daphnis

Encore une nuit sans rêve.

Encore une matinée peuplée de cauchemars.

Depuis ce jour de janvier, je ne me souviens plus de mon frère. Avant sa jambe gelée. Avant sa brûlure au front. Avant sa haine viscérale à mon égard. Avant que la vie ne nous divise. Avant que Père ne nous ternisse.

Avant *tout*.

Nos premiers pas dans le jardin, effacés.

Nos lits superposés, dépouillés.

Nos jeux d'enfant, oubliés.

J'avais 8 ans quand Père m'a forcé à déménager dans les quartiers du successeur.

Il avait 6 ans quand Père m'a interdit de le voir.

Nous étions frères.

Nous sommes devenus des étrangers.

J'ai fait le deuil de Hyacinthe trois fois au cours de ma vie. Au moment où j'ai commencé à dormir dans les quartiers de notre géniteur — qui sont à présent les miens. Puis lorsqu'il est parti à Pandora avec notre mère pour le bien de la nation. Et enfin, quand je l'ai tué dans les montagnes.

Mon cœur n'a cessé de se briser.

J'ai ramassé ses fragments dans le seul espoir de sauver notre lien fraternel.

Mais le ciel a refusé mes offrandes. Nos âmes ne sont pas faites pour se retrouver. Ensemble, elles ne font que se détruire. Séparées, peut-être seront-elles enfin en paix. Aimer, c'est parfois dire adieu à l'être aimé.

— Tu ne dors pas.

La voix ensommeillée de ma fiancée me caresse l'oreille, me rappelant soudain que je ne suis pas seul.

— Toi non plus.

— Je pense encore à…

Nos pertes.

Nos sacrifices.

Nos péchés.

— Pareillement.

Elle plaque sa main droite contre sa bouche, les paupières closes.

— Je crois que je vais…

Elle n'en dira pas plus. À peine a-t-elle articulé la première syllabe que j'ai récupéré la bassine au pied de mon divan pour la lui tendre. Elle saisit l'objet avec peine puis déverse son repas de la veille, tandis que je tiens ses cheveux en une queue-de-cheval, bien à l'abri au-dessus de son crâne.

— Doucement, doucement.

Ses sourcils se froncent de dégoût.

— Je suis désolée…

« De passer mon temps à régurgiter la nourriture de ton palais, alors que j'ai la chance de pouvoir manger tout ce dont on peut rêver », *deviné-je.*

Je connais son phrasé sur le bout des doigts.

Chaque fois qu'elle vomit, elle recycle le même discours. Et à chaque fois, je lui sors la même réponse, qui n'en reste pas moins sincère :

— Ne t'en fais pas pour les vivres, ce n'est pas ta faute. Soulage-toi. Évacue, jusqu'à ce que tu te sentes mieux. Jusqu'à ce que tu n'aies plus rien à recracher.

Une nouvelle cascade de matières organiques se déverse dans le récipient.

— Pourquoi… Pourquoi mon estomac refuse tout ce que je lui donne ? J'ai essayé les œufs, les pâtes, les céréales, le poisson, le riz et même le pain de mie. Rien n'y fait. Je suis fatiguée d'essayer, *sanglote-t-elle*.

Je pose ma tête sur la sienne, le nez enfoui dans ses cheveux parfumés à la lavande.

— Je sais, mon chat, je sais.

Je n'ai jamais été à l'aise avec les surnoms, mais lorsqu'elle est dans cet état, ces deux mots agissent sur elle comme le millepertuis et le ginseng.

Pour preuve, son pouls s'est calmé.

— Je ne sais plus quoi faire pour que cela cesse.

Son murmure résigné me brise le cœur. En guise de maigre réconfort, mes lèvres déposent un baiser sur son front ruisselant de sueur.

— Je te mentirais, si je t'affirmais que je ne suis pas inquiet pour toi. Tu as systématiquement rendu tous les aliments que tu t'es enfilés depuis la fin de la guerre et tu maigris à vue d'œil. Mais ton corps avait déjà vécu ce « rejet » auparavant, et il avait réappris à digérer les denrées alimentaires au bout d'un certain temps, tu t'en souviens ?

— Oui, je m'en souviens.

— Alors, n'oublie pas que c'est temporaire.

— Temporaire. Ce n'est que temporaire.

— Exactement, mon chat.

Son vent de panique perd de sa vélocité.

Ses battements se calquent sur les miens.

Sa bouche se suspend dans son geste, immobile. Brillante de salive, mais à court de vomi.

— C'est fini, *lâche-t-elle, à bout de forces.*

Je pose la bassine sur ma table de chevet — une de mes chambrières s'en occupera dans la journée. Elles comprennent la situation et ne s'en plaignent jamais. Au contraire, elles nous aident comme elles peuvent.

Avec une étoffe en soie, j'essuie les coins de sa bouche avant de la serrer dans mes bras pour la dernière heure de « sommeil » qui nous reste.

Son visage s'enfonce dans mon thorax, alors que ma main caresse son dos de bas en haut.

— Tout ira bien, *assuré-je, les yeux dans le vide.* Les plaies finissent toujours par se refermer.

— Avec le temps ?

— Avec le temps, *répété-je.*

Nous sommes sur le point d'entamer un nouveau chapitre de notre Histoire.

Un chapitre où seul le sang séché aura sa place.

***

Aïdan a organisé un gala à Lumina pour célébrer l'illustre Ignis Mussard, réputé de son vivant comme « nuisance internationale ». Afin de lui rendre hommage, il tient à rester fidèle aux principes de son père en nous faisant parvenir un carton d'invitation réalisé à la hâte la veille dudit évènement.

Qui que soit son maître, Plumesdepolyester reste toujours aussi *courtois* lors de ses missives. Je parie que cet imbécile était ivre quand il a choisi le prénom de son aigle. Je comprends le caractère difficile de l'animal. Si j'avais un nom pareil, j'aurais eu du mal à être aimable envers le monde qui m'entoure. Peut-être même aurais-je été tenté d'abréger mes souffrances.

Ainsi, nous n'avions qu'une journée pour alléger notre emploi du temps sans effectuer des changements à double tranchant qui auraient souligné nos cernes d'une couche d'encre supplémentaire.

Ignis n'a jamais rentré dans son crâne chauve — ou presque — que nous avions une vie en dehors de lui. Il serait ému aux larmes — de bière — de constater que son fils se tue à imiter ses habitudes les plus irritables le temps d'une soirée pour le moins… *spéciale*.

Si ce n'était pas pour lui, j'aurais soigneusement ignoré l'invitation. Mais me voilà à l'entrée du palais du défunt descendant de l'Écarlate, éreinté après le voyage en vol de phénix. Heureusement pour mon dos quelque peu endolori, il n'y avait qu'une passagère à bord, qui n'est autre que l'amie de Cordélia : Éléonore. Lana était sur le dos de ma compagne, qui me tenait l'aile afin de ne pas se perdre dans la forêt. Sans le vouloir, Cordélia a déversé son poids sur moi, et j'ai donc été contraint de fournir davantage d'efforts, car il était hors de question de prolonger notre trajet plus que nécessaire.

— Mesdames, monsieur, bienvenue ! Permettez-nous de vous délester de vos manteaux ainsi que de vos chaussures, et laissez-nous vous accompagner jusqu'à la salle de réception, *nous accueillent deux sentinelles en armure grenat almandin.*

Je hausse un sourcil circonspect à la mention de nos bottes, mais me plie tout de même à leurs consignes par souci d'adaptation. *Je regrette déjà d'être venu.*

Nous pénétrons dans le couloir dont le sol a été recouvert d'un tapis rouge brique. Mon regard s'attarde sur les murs en bois d'acacia et les tableaux dépeignant la nature de Lumina, aujourd'hui cachés par des rubans dorés. Certaines toiles ont d'ailleurs été remplacées par des portraits d'Ignis qui peuvent être considérés comme une « gentille » caricature du personnage. Quoique, j'ai un doute pour celui où il est assis sur un trône en or — qui n'est autre que la cuvette des toilettes — heureux de toutes les bouteilles de bière qui traînent à ses pieds. Ce dessin est si réaliste. Je ne serais pas étonné d'apprendre qu'il a été inspiré d'une histoire vraie.

En arrivant à la hauteur d'une peinture où je suis représenté en face d'Ignis, qui tient entre ses mains une bouteille d'huile d'arachide en se tordant de rire, tandis que nous sommes tous les quatre attablés, un frisson me parcourt l'échine. Je détourne les yeux et rattrape les six mètres de retard que j'avais sur nos guides.

La salle de réception est… *originale.*

Une fontaine à bière à chaque coin de table, sans surprise, mais également des ateliers en tout genre : tirs de fléchettes sur les fesses peintes d'Ignis — je ne veux pas savoir comment cette image a été reproduite. Sac à citations porte-bonheur — qui contiennent davantage de mots à caractère sexuel que de conseils sages, si vous voulez mon avis. Jeu de mémoire avec des anecdotes

« piquantes » sur la vie du « dieu de la débauche ». Sans oublier la fameuse « chasse aux pieds rouges » qui n'est en réalité qu'une excuse pour s'acharner sur un invité à chaque changement d'heure, celui-ci étant choisi par le hasard — ou plutôt par le garde équipé de peinture.

— Aïdan n'a pas lésiné sur les efforts.

Cordélia esquive de justesse une douche de bière blonde. Le soldat de l'armée du feu manque de tomber à la renverse en s'excusant de sa maladresse, puis s'en va à pas chancelants vers la caverne aux mots.

— C'est le moins qu'on puisse dire.

À peine ai-je pénétré à l'intérieur de la pièce que la migraine me pend au nez. Par principe, je me forcerai à rester jusqu'à une heure décente avant de m'enfuir en bonne et due forme.

Mes compatriotes ne partagent pas ma retenue et sont au contraire bien plus enthousiastes.

Le regard d'Éléonore est de suite attiré par le jeu de mémoire, tandis que Lana disparaît pour réserver un stock de dix fléchettes au stand de tir deux minutes plus tard. Il ne reste donc plus que Cordélia, dont le sourire espiègle laisse présager le pire.

— Viens, allons faire un tour là-bas, *murmure-t-elle en m'attrapant la main.*

Je sens le piège à des kilomètres à la ronde.

Aïdan et elle sont de mèche pour quelque chose, j'en mettrais ma main à couper. Pour preuve, il la guide dans l'ombre, persuadé que je ne prête pas attention à sa présence discrète ou à ses murmures voilés.

Croit-il pouvoir me duper ?

C'en est presque vexant.

Nous nous retrouvons derrière un rideau incarnat où trône un livre aux pages d'or d'environ deux mètres de haut, délicatement posé sur un socle en bois laqué.

Rien d'étrange à signaler au premier abord, si ce n'est l'excès de bougies et de chandeliers pour un aussi petit espace. Je savoure même le calme momentané que me procure ce lieu isolé de la foule.

Aïdan s'est éloigné à la seconde où nos pieds ont foulé le carré de moquette brune. Je n'ai pas eu le temps de lui adresser un mot. Peut-être plus tard.

Après avoir examiné le stand de luxe sous toutes ses coutures à la recherche d'un piège, je reporte mon attention sur le carnet ouvert.

Les pages sont vierges. Des plumes et de l'encre noire traînent à proximité.

S'agit-il d'un recueil destiné à...

— Nous ne partirons pas tant que tu n'auras pas écrit un mot dans ce livre. Profites-en pour lui avouer ce que tu n'as jamais su lui dire.

— Il ne le lira jamais.

— Mais ton cœur sera plus léger.

Elle sait toujours quoi dire pour me convaincre.

Dans un soupir de mauvaise grâce, je saisis l'une des plumes dans le pot, puis la trempe dans l'encrier.

Mes doigts tremblent sous l'effet de l'hésitation.

Par où commencer ?

— Ne réfléchis pas. Laisse-toi porter.

— Porter par quoi ?

Elle hausse les sourcils d'un air réprobateur.

— Bien, j'ai compris, *abdiqué-je, le dos courbé.* J'ai juste besoin d'une minute.

— Prends ton temps.

Elle passe ses doigts le long de mon dos dans un élan d'encouragement. *Quand il faut y aller…*

La page se noircit à vue d'œil. Soucieux des plus infimes détails, je m'attarde sur chaque lettre, comme si la beauté de mon écriture pouvait ramener Ignis auprès de nous. Auprès de moi.

« Tu ignores à quel point j'étais en colère pour l'huile d'arachide. Sur le moment, je t'ai haï. Cet acte était aussi irréfléchi que dangereux, comment peux-tu jouer avec la santé des gens ? Il n'y a vraiment qu'un imbécile pour…

En effet, sur le moment, je t'ai haï. Et cela n'a fait que renforcer ma méfiance à ton égard. Durant des années, j'ai eu du mal à te cerner. Ou du moins, je n'en éprouvais pas l'envie. Alors, quand nous avons dû nous côtoyer pour le bien de notre alliance…

La situation a changé.

Pour le pire, et pour le pire.

Tu t'es immiscé dans chaque parcelle de ma vie sans y être invité ou désiré. Dire que je n'avais plus la moindre intimité serait un euphémisme.

Parfois, j'ai songé à t'égorger, juste pour que tu te taises enfin. Que les cieux me pardonnent, j'ai même envisagé de garder ton aigle en otage. Pour ma défense, tes missives futiles avaient le don de me provoquer de l'urticaire — imaginaire, certes, mais la sensation n'en est pas moins désagréable.

Et puis, j'ai fini par m'habituer à tes pitreries.

Je ne cherchais plus à te cacher ce que tu savais déjà. Je répondais à tes lettres. Je te laissais me donner des conseils, bien que la plupart d'entre eux étaient très douteux. Soyons francs, cesser de te repousser ne visait qu'à rendre notre relation un peu plus confortable pour moi. Moins d'efforts dissipés dans le vent, plus de temps à consacrer à mes tâches. Et surtout, j'étais plus serein. À aucun moment je n'ai voulu que tu prennes une place au sein de mon cœur. Je n'avais pas anticipé les risques d'une telle proximité. Avant que je ne puisse y mettre un terme, tu étais devenu un frère. Et il était déjà trop tard pour faire marche arrière.

Je t'ai pardonné pour l'huile d'arachide.

Mais je ne te pardonnerai pas ton égoïsme.

As-tu pensé à ceux que tu laissais derrière toi ?

Non, bien sûr que non !

Réfléchir, c'est un concept qui t'échappe.

J'aurais dû me douter du mal que tu me ferais.

Volontairement ou non.

Les personnes dans ton genre sont une source de problèmes infinie. Quand elles sont là, on rêve de s'en débarrasser, mais dès qu'elles partent... On les implore de revenir. Tu me manques terriblement, et je te déteste pour ça. Tu es un fléau, Ignis Mussard, et je jure devant mes ancêtres que...

Je ne t'oublierai jamais. »

L'encre bave sur ma signature, grossissant des lettres pour en effacer d'autres. Elle en devient illisible. Plus j'essaie de retoucher mon nom, plus il s'engouffre dans le papier trempé. Je me résigne donc à écrire mes initiales en dessous de ma première tentative. Bien que je m'applique à lever la pointe de ma plume dès la fin de mon tracé, l'encre bave à nouveau.

Contrarié, je scrute l'objet de plus près.

Quelques gouttes constellent le bas de ma page, même aux endroits où je n'ai pas écrit. Englouti, le doré se ramollit. *L'ai-je abîmé ?*

Ma main droite tremble, lâchant ma plume dans la foulée. Cordélia m'attire aussitôt à elle, perturbée par l'augmentation de mon pouls. J'enfouis ma tête dans le creux de son épaule, apaisé par son contact.

Nous restons un moment dans cette position.

Un moment durant lequel mes souvenirs affluent par vagues. Semaine après semaine. Jour après jour.

Jusqu'à ce qu'il ne soit plus là.

— Je suis fière de toi.

Elle s'éloigne la première.

Ses iris opaques me sondent, luisants.

Elle passe ses pouces sur mes joues, s'éternisant davantage sur mes cernes sans se départir de son sourire compatissant. Mon visage est désormais sec.

— À ton tour.

Je ramasse la plume que j'ai fait tomber, puis la glisse dans sa main avant de la guider jusqu'à la page de droite, encore vierge de toute marque.

Son texte est concis, à peine trois lignes, mais ce n'est pas la longueur qui en fait la qualité ou l'émotion.

Elle m'interdit de lire ce qu'elle a écrit, décision que je respecte. Je n'aurais pas apprécié qu'elle lise ma lettre, si elle le pouvait.

Ces confessions sont personnelles et resteront un secret entre nous-mêmes et le spectre d'Ignis.

L'esprit clair et le cœur léger, nous rejoignons la fête qui bat son plein.

Pour une raison obscure, Éléonore est en train de danser sur l'une des tables à la nappe carmin, le jupon à volants coincé entre ses mains ornées de bagues, tandis que ses talons claquent avec férocité. Lana semble avoir abandonné l'idée de la faire descendre et se contente de la dévorer des yeux en sirotant son verre.

D'autres convives la suivent et se mettent alors à monter sur les chaises et à se balancer sur des lierres en criant des phrases incompréhensibles. Du lumenis, peut-être, ou bien l'alcool. Je penche pour la seconde option.

Comment le chaos a-t-il pu s'installer en moins de trente minutes ?

Je me pince l'arête du nez, désabusé.

La soirée vient de commencer et pourtant, je me sens en total décalage avec l'ensemble des invités.

Cordélia tire sur ma manche afin que je penche ma tête vers elle, car bien sûr, nous nous entendons par échos entrecoupés dans cette cacophonie.

— Serait-ce la voix d'Éléonore qui chantonne la berceuse d'Azura ?

— Je dirais plutôt *brailler*, mais oui, c'est bien elle, malheureusement.

Elle m'assène une bourrade sur l'épaule, tentant par ce geste de masquer son hilarité.

Pour confirmer mes propos, la voix de son amie emplit la pièce de notes aussi stridentes qu'enjouées :

— « Et la pluie ramène le vent, et le vent pousse les enfants dans les champs ! Nageons, nageons jusqu'à la tombée de la mer. Labourons, labourons la terre pour y trouver du gruyère ! »

De la *bruyère*, pas du gruyère.

Encore, si c'était la seule erreur dans les paroles, passons, mais là, en l'occurrence…

Elle massacre notre héritage culturel.

Quand Aïdan monte sur l'estrade, au centre de la salle, pour annoncer qu'il a engagé le meilleur orchestre du village pour le jeu des « chaises musicales » qui aura lieu à minuit, les bras m'en tombent.

Pas de doute. Ignis serait fier de son fils.

Chapitre 19

Daphnis

Je n'aurais jamais cru que le mariage serait une étape de ma vie, moi qui étais destiné à suivre les traces de mon paternel sans foi ni loi — si ce n'est la sienne. Il n'était pas dans ses plans que j'aie des amis, et encore moins que je fréquente une femme. Sa mort m'a permis de déchirer sa toile pour la remplacer par une autre toute neuve. Il ne tenait plus qu'à moi de la maculer.

Cordélia tenait à attendre l'arrivée du printemps avant de faire la cérémonie. Les bourgeons en fleur sont plus attrayants que la grêle, il faut le reconnaître.

Pour l'occasion, j'ai troqué mon uniforme bleu de cobalt contre un costume trois pièces aussi blanc que le pelage des colombes accompagnant Zéphyr. Bien que j'arbore rarement cette couleur, je me devais de mettre les petits plats dans les grands afin d'être digne de mon épouse — *future* épouse, pour être exact, mais est-ce si mal de me considérer déjà comme son mari ?

Même mes bottes sont immaculées. S'il y a une fantaisie vestimentaire à laquelle je n'ai pu renoncer, ce sont les rubans en passementerie dorés, brodés sur mes épaulettes. La triple couche de tissu, à défaut de m'aider à respirer en cette journée particulièrement ensoleillée, cache mes aisselles et donc, par extension, ma sueur.

Une perle d'eau glisse sur mon front.

Puis une seconde, suivie par sa jumelle.

Prémices d'une torrentueuse cascade.

À ce rythme, je risque de finir trempé de la tête aux pieds avant d'avoir prononcé mes vœux.

Sur le champ de bataille ou en plein travail, je n'en aurais cure, mais à une célébration comme celle-ci, la honte me gagne. Je regretterais presque d'avoir libéré mes cheveux de leur coiffure stricte habituelle, mais je sais combien elle les aime dans leur état naturel.

Patience. Elle ne devrait plus tarder.

Voilà déjà dix minutes que je souris bêtement au public, qui n'est composé que de mon armée et de nos plus proches amis. Debout dans le jardin du palais, ils encadrent l'allée recouverte de fausses fleurs, tandis que je me tiens devant l'autel aux côtés de notre maître de cérémonie — un chevalier de l'eau ayant triomphé de la guerre, fait assez remarquable pour être souligné.

Ayant une crampe aux lèvres depuis un moment, je m'engage à ne faiblir d'aucune façon. Si j'ai survécu aux enseignements de Cassandre, je peux bien supporter cette posture encore quelques minutes.

Mon sourire ne saurait atteindre ses yeux, mais j'aime à croire qu'il touchera son cœur.

— Mesdames et messieurs, la mariée s'apprête à faire son entrée. Écartez-vous du chemin, et un tonnerre d'applaudissements pour sa parure unique en son genre, confectionnée par mes soins !

Éléonore crie ces mots à pleins poumons avant de lever le voile opaque qui dissimulait à la fois la robe et le visage de Cordélia.

Une vague de chaleur m'envahit.

Le regard hagard, je demeure bouche bée.

— Attention, Mon Général, vous bavez…

Le murmure de mon soldat me parvient dans un écho lointain. Confus.

Alors qu'elle s'avance, accrochée au bras de sa sœur, je ne la lâche pas du regard. Et je jurerais qu'à cet instant, rien ne pourrait m'ébranler. Pas même le poids du passé ou l'ombre de la mort.

Qu'il me reste un an ou dix, tant que je suis avec elle, ma vie sera paisible.

Paisible.

J'aime la sonorité de ce mot.

Éléonore l'aide à tenir sa traîne le temps qu'elle gravisse les trois marches de l'autel, puis Lana guide sa main jusqu'à la mienne. Désormais, je prends le relais.

— Tu es…

Les mots s'enfuient. Partent au galop.

« La beauté est un critère subjectif », *avais-je dit ce jour-là.* Ignis avait raison. Cela me tue de l'admettre, mais ce n'était qu'une manifestation de ma mauvaise foi pour esquiver ses insinuations. Je hais lorsqu'on me met au pied du mur. Et je hais clamer haut et fort ce que je ressens, d'autant plus avec cet imbécile d'Ignis dans les parages. S'il était là, il se moquerait du rougissement de mes joues. Peut-être même que je ne lui en tiendrais pas rigueur, pour une fois.

De ma bouche, les compliments ne pleuvent pas par milliers. Pourtant, la vérité, c'est que…

— Tu es magnifique.

Son corps se fige.

Mais le coin de ses lèvres se courbe vers le haut.

— Je croyais que la beauté n'était qu'un…

Elle s'en souvient. Évidemment.

— Tu es belle de toutes les façons possibles. Ma pudeur ne doit jamais te persuader du contraire.

Le choc se lit sur son visage.

Suis-je à ce point avare de déclarations ?

— Mais qui êtes-vous ?

— Bientôt ton époux. Enfin, je l'espère.

Si elle entendait chacune de mes pensées, et pas seulement lorsque la connexion est activée, elle n'aurait plus de place pour entreposer les qualités que je vois en elle. Je devrais me livrer davantage. Lui montrer, c'est bien. Lui dire, c'est bien aussi.

L'un ne va pas sans l'autre.

— Bien, nous pouvons commencer.

L'accalmie s'installe.

Les bavardages cessent, y compris les nôtres.

Le chevalier se racle la gorge, peu accoutumé à être le centre de l'attention :

— Nous sommes tous réunis aujourd'hui afin de célébrer l'union du chef d'Azura, Daphnis Rolzhausen, à la descendante du Pourpre, Cordélia Deurvillier.

— Vous avez oublié : « descendant de l'Azuré » dans votre présentation, soldat, *s'interpose Lana.*

— Oh, oui, en effet. Mes excuses, vice-générale. Dois-je reprendre depuis le début ?

— Non, poursuivez.

Mon adjointe est implacable et rigoureuse.

Leur échange m'arrache un rictus amusé.

— Passons donc aux vœux de mariage. Cordélia, à vous l'honneur.

Fébrile, elle glisse l'alliance à mon doigt — que j'avais retirée pour le bien de la cérémonie.

— Je n'ai pas vomi ce matin. C'est plutôt de bon augure pour notre union.

Son entrée en matière fait rire l'assemblée.

Mais pas moi.

Au cours des deux derniers mois, elle a souffert de vomissements chroniques. Son état variait d'un jour à l'autre. Parfois, elle parvenait à se sustenter, alors que souvent, elle recrachait son estomac dans la bassine.

Depuis cinq jours, elle se nourrit à sa faim et ne subit plus les représailles de son corps.

La première victoire d'une longue lignée.

— Nous ne nous sommes pas rencontrés au bon moment. Tu étais torturé et moi, brisée. Nous avions du chemin à faire tous les deux et c'est peu de le dire. Mais la vie ne nous laisse pas toujours le choix. Nous avons dû nous serrer les coudes, travailler ensemble et quand les sentiments s'en sont mêlés, ce n'était toujours pas le bon moment. Alors j'ai fait taire mon cœur le temps de me retrouver et ensuite, c'est toi qui m'as repoussée. La communication entre nous a été complexe, mais malgré nos querelles et nos divergences d'opinion, tu as été là. Tu m'as tenu la main dans chacun de mes combats, tout comme je t'ai épaulé dans chacun des tiens. L'amour ne se pointe jamais quand on le voudrait. Je me suis parfois demandée ce qu'il se serait passé si j'avais changé ceci ou si tu avais agi comme cela, mais j'ai fini par réaliser que notre amour est né de *ce* contexte. De *ces* imprévus. De *nos* choix, aussi impulsifs soient-ils. Cette relation, nous l'avons construite. Brique par brique. Nos efforts combinés ont créé cette bulle de bonheur, et bien que nos âmes ne soient pas encore tout à fait guéries, nous saurons avancer sans nous piétiner. Je crois en nous.

Mes mains moites tremblent sur les siennes.

— Moi aussi, je crois en nous.

Elle entrouvre les lèvres, à fleur de peau.

Je la contemple, amoureux.

Notre échange muet est interrompu par le maître de cérémonie, qui ne sait jamais quand se taire :

— Oh, que c'était beau ! Ne soyez pas jaloux de ne pas être aux premières loges, mais, entre nous, leurs émois valent vraiment le détour !

Lana lui donne un coup de coude dans les côtes.

— Concentre-toi, soldat. Cet évènement est de la plus haute importance, au cas où tu l'aurais oublié, alors garde tes commentaires pour toi.

— Je voulais ajouter un peu d'émotion…

— Justement, tu gâches l'émotion. Redresse tes épaules et sois digne de ton rôle.

Il se renfrogne comme un enfant, mais obéit à sa supérieure sans mot dire.

Ignis et lui se seraient entendus à merveille.

— Prononcez vos vœux, Mon Général.

Je glisse à mon tour la bague d'or, peinte en azur et en pourpre, au doigt de ma future femme.

— Tu m'as appris à m'ouvrir aux autres, à briser ma carapace, mais surtout à aimer correctement. Je n'ai jamais été particulièrement doué en ce qui concerne les relations humaines, pour ne pas dire une catastrophe — ma réputation en est la preuve, d'ailleurs. Comme tu as pu le constater, la fuite a toujours été mon refuge en cas de difficultés sociales. Si j'ai été bercé dans la solitude, je m'efforce de retrouver l'insouciance qu'on m'a volée à tes côtés. Le chemin est long, parfois encombré, mais à chaque pas, tu me montres comment vivre libre.

Je déglutis, en proie à une montée de nostalgie.

— Des erreurs, j'en ai fait et j'en referai, car je ne pourrais pas m'améliorer sans elles. Alors, oui, notre mariage ne sera pas de tout repos, nous aurons nos hauts et nos bas. Pourtant, je suis prêt à traverser ces épreuves et bien plus encore si le bonheur se trouve à la clé. Nous forgerons notre propre équilibre. Ensemble.

Les mots laissent place aux sentiments.

Et les sourires maquillent les larmes.

— Vous êtes un exemple pour la gent masculine, Général. Mettre ainsi à nu votre cœur, quel courage ! Je devrais m'inspirer de votre acte de résilience et…

Lana se racle la gorge afin de le recadrer :

— Tu t'égares, soldat.

— Pardon, vice-générale.

Le chevalier tend ses bras, paumes ouvertes vers les cieux, prêt à sceller notre avenir :

— Par le biais de cette ficelle mauve, couleur de l'emblème floral de notre village — la lavande, pour les incultes —, vos poignets seront attachés jusqu'à l'aube et vos âmes, liées à jamais. Au travers de ce geste, vous vous jurez de vous chérir, de vous protéger, mais aussi de vous soutenir contre vents et marées. Ni la guerre, ni la maladie ne sauront vous séparer. Cette union se devra d'être inébranlable. Une fois la corde nouée, il n'y aura plus de retour en arrière possible. Pouvez-vous affirmer, en toute conscience, que vous souhaitez poursuivre ?

— Oui, *répondons-nous en chœur.*

— Par les pouvoirs qui me sont conférés, je vais exaucer votre souhait !

Il joint la parole au geste en enroulant la ficelle autour de nos avant-bras, puis achève sa course par un nœud lourd et serré que seule une paire de ciseaux sera en mesure de rompre.

— Daphnis Rolzhausen, Cordélia Deurvillier, je vous déclare mari et femme. Pour le plaisir de nos yeux, vous pouvez vous embrasser.

Nul besoin de me le répéter une seconde fois.

Je cueille son visage et plaque mes lèvres contre les siennes dans la foulée.

Un tonnerre d'applaudissements retentit.

Des sifflements s'élèvent, camouflés par les cris des convives. Porté par la magie de l'instant, je parviens à faire abstraction de l'embarras né de cette intrusion au sein de mon intimité.

Lorsque nos bouches s'éloignent, Hector, maître de cérémonie, prend la parole une dernière fois :

— Longue vie aux mariés !

— Longue vie aux mariés ! *répètent-ils.*

Disposés de part et d'autre de l'allée fleurie, mes chevaliers brandissent leur épée vers les cieux, formant ainsi un pont de lames dont les pointes s'entrechoquent.

Cordélia murmure ses intentions à mon égard, et ses mots suffisent à me faire presser le pas.

Son bras accroché au mien, nous quittons l'autel pour emprunter la voie qu'ils nous ont tracée.

Leurs acclamations, aussi bruyantes soient-elles, me parviennent par bribes, englouties sous l'amour qui ne cesse de pétiller à l'intérieur de mes veines.

Si la guerre signe la Fin d'une Ère, notre union la fera renaître de ses cendres.

F I N.

Bonus :

le Choc des Univers

Ignis Mussard est réputé pour mijoter des soirées inoubliables, mais s'il y en a bien une à ne pas manquer, c'est celle-ci. Les heureux invités ont marqué cette date d'une croix au feutre rouge.

Ce soir, pour notre plus grand bonheur, le dieu de la débauche a convié les personnages de *Recovery* et d'*Au Croisement de Minuit* dans une parenthèse spatio-temporelle. Un évènement unique en son genre.

Ses cartons d'invitation ont traversé l'espace et le temps jusqu'à atterrir à Penolia City, dans le jardin de la famille d'Adrian. Lui et sa chère épouse, Amélia, ont accepté la proposition d'Ignis àprès moultes réflexions.

C'est une rencontre surprenante, *improbable*, et pourtant…

Bienvenue dans **le Choc des Univers** !

À l'écart de la foule, près du buffet, la princesse des *Lunara* sirote un verre de vin rouge.

Sa robe noire, sans bretelles et évasée, recouvre ses jambes dans leur entièreté. Une ceinture drapée est enroulée autour de sa taille dans un nœud élégant, tandis que ses chevilles sont affinées par une paire d'escarpins. Ses cheveux ondulés, sombres comme l'Ébène, tombent en cascade sur ses épaules.

Chacun de ses gestes est lent, calculé avec soin. Elle tient à entretenir son image de « femme chic ». En guise de couronne, une chaîne en argent — sertie d'un croissant de lune — est posée délicatement au sommet de son crâne. Une tenue des plus ravissantes, me direz-vous, et vous auriez raison.

Elle ne choisit *jamais* sa tenue par hasard.

Depuis son arrivée, Amélia essaie tant bien que mal de faire abstraction des cris, des rires bruyants et de la voix enrouée de cet étrange chanteur qui ne cesse de répéter « Taki Taki ».

Hélas, la tâche est rude pour notre princesse au cœur solitaire. Toute présence humaine apparaît comme un fardeau non désiré à ses yeux. Elle aurait préféré lire un livre dans le calme, assise en tailleur sur son balcon.

Sa présence n'est due qu'à l'insistance d'Adrian, qui était très enthousiaste à l'idée de participer à cette soirée. D'ailleurs, où est-il ?

Amélia le cherche du regard, en vain. C'est à ce moment précis qu'intervient le maître des lieux :

— Sainte bière ! Un verre vide est un verre qui doit être rempli !

— Vraiment ? Vous en avez d'autres en tête, des phrases stupidement évidentes ?

Ignis porte une main à sa poitrine, tandis que la seconde aère son visage avec un éventail fait en plumes de paons — une pensée pour le pauvre animal dévêtu à l'aube de l'automne, il méritait mieux.

— Mais c'est qu'elle a du caractère, la dame ! Je comprends d'où vient ton titre de princesse lunaire.

— *Lunara.* Mon clan s'appelle « *Lunara* ». Et, si je ne m'abuse, je ne vous ai pas autorisé à me tutoyer.

— Comme dirait un vieux dicton : le tutoiement, ça rapproche. Le vouvoiement, ça fatigue la caboche.

— Un poète raté qui se réfugie dans des blagues douteuses… C'est précisément le genre de personne avec qui j'adore converser.

— Je savais qu'on finirait par s'entendre !

Amélia fronce les sourcils, à bout de nerfs.

Sa patience s'effrite.

Il faut dire qu'elle en a si peu…

— Savez-vous ce qu'est le sarcasme ?

— Évidemment, c'est le prénom de mon lion de compagnie.

— Votre lion de… Pardon ?

Notre séducteur est incapable de rester concentré plus de trente secondes. Depuis une heure, il attend avec impatience l'arrivée de la cheffe d'Ebena. Il aime tant leurs échanges qu'il ne peut pas s'empêcher de la titiller jusqu'à ce qu'elle lui cloue le bec.

Alors, lorsque ses yeux de chat croisent les iris dorés de Kora, il manque de renverser sa bière blonde par terre sous le coup de l'excitation.

— Ma reine sanguinaire est enfin là ! Viens, il faut à tout prix que tu la rencontres. Vous avez la même couleur de cheveux et le même caractère adorablement chiant. Ensemble, vous ferez des étincelles !

Ignis imite le bruit des éclairs avec sa bouche, de façon très curieuse, puis pousse Amélia par les épaules afin de l'entraîner avec lui vers l'entrée de la salle.

— Ne me touchez pas !

Respectueux des désirs des dames, il plaque ses mains dans son dos. Comme si on l'avait puni.

Pensiez-vous qu'il allait abandonner si vite ?

C'est mal le connaître.

Ignis a toujours un plan en réserve.

— Si tu viens avec moi, je t'offre 5 tablettes de chocolat noir 100% cacao.

Amélia hausse un sourcil, intriguée.

— Vous êtes plutôt bien renseigné. Je vous offre cinq minutes, pas une de plus.

— Un plaisir de négocier avec toi !

Ignis a raison. Amélia et Kora ont de nombreux atomes crochus. Notre princesse — pourtant asociale — se plaît à écouter les divers conseils et anecdotes de son aînée. Elle est suspendue à ses lèvres, impressionnée par le palmarès de Kora dans la catégorie « guerre, meurtres et sadisme ».

Et si nous allions jeter un œil du côté d'Adrian ?

Le prince des *Solanera*, tout guilleret, a les joues rosies par les deux punch ingurgités. Enivré, il nous fait l'honneur d'une danse des plus… originales. Un mélange de *classique et contemporain*, pour reprendre ses dires, même si sa performance fait davantage écho à ce qu'on appelle plus communément un « twerk du dos ».

Honor, ne tenant guère mieux l'alcool, le rejoint sur la piste.

Nos deux boute-en-train mettent alors le feu aux poudres, enchaînant mouvement d'épaules et du bassin qui, pour notre bonheur, nous offrent un très bon angle de vue pour admirer leurs fesses.

Cordélia et Éléonore scandent leurs noms afin de les encourager, amusées par ce spectacle inattendu.

Aïdan, qui se tenait en retrait, renverse son verre en se tordant de rire.

Emporté par la joie ambiante, il ne se renfrogne pas après avoir mouillé ses bottines, et il se contente de retourner au buffet pour se resservir.

Alors qu'il s'apprête à diluer l'alcool, son père adoptif surgit de nulle part pour lui retirer sa coupe des mains, furieux.

— Pauvre fou ! Tu oses diluer de la bière blonde avec de l'eau ?

Aïdan lève les épaules, nullement ébranlé par les remontrances d'Ignis.

— Suis-je supposé la boire « pure » ?

Les yeux du dieu de la débauche sortent de leurs orbites. La déception est grande et le choc, innommable.

— Je te déshérite.

Bouleversé par une telle offense, il lui confisque la carafe d'eau, puis remplit son verre de bière blonde.

À ras bord, bien sûr.

Le jeune chevalier ingurgite la mixture préparée par son père, malgré sa réticence.

Contre toute espérance, il apprécie ce breuvage à sa juste valeur, regrettant presque de l'avoir gâché par le passé avec ses dilutions honteuses.

— Ce n'est pas mauvais, *avoue-t-il*.

— Bien meilleur que tes smoothies aux légumes verts et tes pâtes à la noix de coco !

— Question de goût. Ce n'est pas ma faute si ton palais est aussi fin que…

Ignis lui assène aussitôt une bourrade derrière la tête pour le faire taire.

— Plus un mot, fiston, plus un mot !

Aïdan se masse la nuque, se retenant par miracle d'en rajouter une couche. Mais une question le taraude depuis plusieurs minutes :

— À propos de ton testament… Que comptais-tu me céder ?

— Tu ne le sauras jamais !

Ignis pivote sur ses talons, le menton levé, pour s'enfuir vers la table de poker où sont installés Daphnis, Nathaniel et Zéphyr. Concentrés sur leur partie, les trois hommes ne prêtent guère attention aux mots d'Ignis — qui ne connaît ni le but, ni le déroulement de ce jeu de cartes. Le vice-général d'Ebena — le moins acariâtre — se résigne à expliquer les bases au nouvel arrivant, or sa patience ne survit pas au je-m'en-foutisme d'Ignis, qui l'écoute à peine, pour ne pas dire : pas du tout. Il laisse alors le chef du feu dans son ignorance, renonçant à lui faire part de toutes les combinaisons possibles au poker.

Des regards suspicieux sont échangés.

Un silence de plomb serre la gorge des joueurs.

En d'autres termes, la tension est à son comble.

Le visage neutre, le général Rolzhausen met un coup de pression à ses rivaux en faisant glisser un tas de jetons au centre de la table :

— Je double la mise.

Ignis plaque sa main contre sa bouche, sidéré par le geste de son ami.

Il lui secoue les épaules, lui criant à l'oreille :

— Glaçon, t'as vraiment une main pourrie ! Un dix, un valet, une dame, un roi et un as. T'as même pas deux cartes identiques, tu ne vas pas aller loin avec ça !

Sa maladresse inopinée engendre la colère de ses camarades.

Les joueurs jettent leurs jetons sur Tonton Ignis, qui n'esquive qu'un tiers d'entre eux.

Le jeu de Daphnis ayant été dévoilé, la partie est désormais caduque.

Le concerné jette ses cartes sur la table, croisant ses doigts afin de contenir ses envies de meurtre.

Respire, mon grand, ne transforme pas la fête en bain de sang, je n'ai pas envie de passer la nuit à tout nettoyer, moi…

— *Quinte flush royale*, ce qui signifie — en des termes simples pour que ton cerveau de moineau ne soit pas à la ramasse — que j'aurais gagné, si tu avais appris à fermer ta maudite bouche.

— Sacrebière, je n'y comprends rien ! Pourquoi me parles-tu de nourriture ? C'est une tarte, non ?

— Non. Vous devez confondre avec la « quiche lorraine », *lui répond Nathaniel.*

— À deux lettres près, c'est la même chose !

Les trois hommes soupirent de désarroi, tous en chœur, puis ordonnent à leur hôte intrusif de partir faire l'idiot ailleurs.

Vexé, il avale une rasade de sa flasque avant de retrouver Kora, qui dispute un match de fléchettes avec Amélia. Malheureusement pour lui, il n'est guère mieux accueilli par ces dames, qui voient en notre cher farceur la cible mouvante parfaite.

Elles se mettent alors à le pourchasser, les yeux pétillants de sadisme, afin de planter leurs projectiles au centre de son fessier — qui n'est couvert que d'une jupe de feuilles mortes.

La soirée se poursuit ainsi…

Dans la joie et la bonne humeur.

Entre chants, rires et jeux en tout genre, ils n'ont pas le temps de s'ennuyer.

Aucun incident ne survient ensuite.

Quoique…

Mes excuses, je me suis précipitée !

L'un de nos précieux invités vient de régurgiter son repas — mélange de foie gras et de rhum — dans la fontaine à bière.

Des murmures dégoûtés résonnent dans la salle.

Il y en a *un* qui ne sera pas très content quand il verra dans quel état est sa belle et coûteuse machine…

Mais toute fête mémorable a son lot d'imprévus, n'est-ce pas ? Il est temps de baisser les rideaux sur cet évènement et de leur laisser un peu d'intimité.

Les personnages d'*Au Croisement de Minuit* et de *Recovery* vous remercient d'avoir vécu avec eux ce moment spécial, suspendu dans le temps.

N'oubliez pas de laisser un avis sur Amazon après votre lecture pour me soutenir dans ma carrière.

Les devises

Ebena : la monnaie se nomme « minren ».
1 pièce de minren = 1,20€
Azura : la monnaie se nomme « azéla ».
1 pièce d'azéla = 1,12€
Lumina : la monnaie se nomme « flanor ».
 1 pièce de flanor = 1,08€
Opale : la monnaie se nomme « lunea ».
1 pièce de lunea = 0,98€
Pandora : la monnaie se nomme « fenyr ».
1 pièce de fenyr = 0,10€

Les langues

Pandora : le safyra
Azura : l'azuléen
Lumina : le lumenis
Opale : l'opaléen
Ebena : l'erean
> **Langue universelle** : le fenkaly

Remerciements

Le dernier tome de la trilogie a été extrêmement difficile à écrire. Pour preuve, il m'a fallu un an et demi pour y mettre enfin un point final. Toutefois, je suis très fière et heureuse d'avoir offert à mes personnages la fin qu'ils méritaient — sauf pour ceux qui sont morts, bien sûr, mais vous comprendrez sans mal que la guerre ne m'a guère laissé le choix. Puissent-ils reposer en paix.

J'ignore si j'écrirai à nouveau une saga. C'est un travail d'orfèvre et compte tenu de ma façon d'écrire, il me convient davantage de publier des one-shots.

Comme on dit, il ne faut jamais dire jamais.

Nous verrons donc dans dix ans…

À toi, qui que tu sois, merci d'avoir lu cette saga jusqu'au bout, et merci de m'aider à poursuivre ce rêve éveillé. Ensemble, nous irons loin. Très loin.

Merci à mes parents adorés, sans qui rien de tout cela ne serait possible. Je ne l'oublie pas. Je n'oublierai jamais. Vous me poussez sans cesse vers l'avant. J'ai de la chance de vous avoir à mes côtés et je vous aime.

Merci à Laura, ma bêta-lectrice de choc et mon âme-sœur amicale. La jumelle que je n'ai jamais eue.

Merci à Clémence et Ninon, mes amours, qui me lisent avec appétit depuis des années — c'est fou — et qui ont été les premières à me soutenir dans cette voie.

Merci à mes amis, proches et lointains.

Merci à ma famille, ici et ailleurs.

Merci à ma communauté, qui suit mes aventures nuit et jour sans jamais faiblir.

Merci à mon conjoint, mon pilier de l'ombre.

Merci à moi-même, pour mon travail, ma force et ma persévérance. Sans moi, il n'y aurait pas de livre.

Hum, hum…

Vous êtes toujours là ?

Et vous en voulez encore ?

Si vous aimez tant me lire…

Lecteurs de Romantasy, vous serez servis.

J'ai encore des histoires à vous raconter,

Et des personnages à torturer.

Avec sadisme,

Momo-Lune.

Mes réseaux sociaux ~

Instagram : momo_lunee
TikTok : momo_lune
Site internet : momo-lune.com
Des illustrations de mes personnages sont à la vente dans ma boutique en ligne, n'hésitez pas à vous en procurer pour embellir votre bibliothèque et soutenir une auteure passionnée !

Informations complémentaires ~

ISBN : 978-2-9579711-8-3
Dépôt légal : janvier 2024
Illustrateur couverture : bee_creation (Fiverr)